Collection folio junior

dirigée par
Jean-Olivier Héron
et Pierre Marchand

Oserez-vous défier le Vampire dans son antre ? Au cœur des épaisses forêts de la Transylvanie se dresse un sombre et sinistre château dont les murs abritent le plus célèbre et le plus terrifiant de tous les monstres : le comte Dracula, guerrier, aristocrate... et vampire !

Il y a bien des années que le roman de Bram Stoker a révélé au monde terrorisé l'existence du comte Dracula. Aujourd'hui, il vous suffit d'une paire de dés et du livre que vous avez sous les yeux pour pénétrer dans l'antique donjon dont les vieilles pierres furent témoins de ces atrocités...

Mais pour en ressortir vivant, vous aurez besoin de toutes vos capacités, de pas mal de chance et de beaucoup de discernement !

Le Château de Dracula est un « Livre dont *vous* êtes le Héros » d'un genre très particulier, utilisant une méthode nouvelle et ingénieuse qui vous permet d'incarner l'intrépide chasseur de vampires, Jonathan Harker, *ou de jouer le rôle du comte vampire en personne !*

Ce qui signifie, en fait, que vous achetez deux aventures pour le prix d'une seule, chacune étant nettement séparée et distincte, mais toutes deux se déroulant dans le Château de Dracula et mettant en scène les personnages du fameux roman d'épouvante de Bram Stoker. Intéressant, non ?

Dans cette même série « Epouvante ! », *la Malédiction de Frankenstein* est disponible chez votre libraire favori.

J.H. Brennan

Le Château de Dracula

Epouvante/1

Traduit de l'anglais
par Noël Chassériau

Illustrations de Tim Sell

Gallimard

Titre original :
Dracula's Castle

La Transylvanie

Au loin, un loup hurle. Aussitôt, comme si le ciel lui répondait, un éclair illumine brièvement la forêt ténébreuse. Puis, dans le grondement du tonnerre, la scène est brutalement replongée dans l'obscurité.

Telle la cicatrice d'un coup de sabre sur le visage d'un géant, une route déserte balafre la forêt en se faufilant parmi les arbres comme un serpent rampant vers un destin inexorable. Une pluie torrentielle cingle ce fragile ruban, ruisselant entre les feuilles et courbant les troncs secoués par le vent furieux dont les plaintes et les gémissements évoquent une âme en détresse.

Une autre rumeur, qui pourrait être l'écho du tonnerre mais dont le roulement se rapproche, se décompose progressivement en claquement de sabots, en cliquetis de harnais, en fracas de roues cerclées de fer.

Un fouet claque, des chevaux s'ébrouent. Une voiture noire apparaît, tanguant sur la route comme un bateau sur la mer. Les chevaux ont l'écume à la bouche, les yeux fous. Le cocher, dont la pèlerine flotte au vent, est un gaillard robuste, un homme capable, expérimenté, aux épaules larges et aux mains puissantes. Et, pourtant, lui aussi paraît effrayé.

La route se met à monter. En s'élevant, elle émerge de la forêt pour déboucher dans une lande désolée, battue par la pluie, parsemée de rochers dont les formes tourmentées prennent, à chaque éclair, l'aspect de fantômes hideux.

— Allez, hue ! crie le cocher.

Mais les chevaux n'ont pas besoin d'être encouragés car ils galopent déjà comme s'ils avaient le diable à leurs trousses.

La route continue à grimper de lacet en lacet, et la lueur des éclairs permet maintenant de voir où elle conduit : à un château lugubre, obscur, dont la sinistre silhouette semble tapie au sommet de la butte derrière de lourdes grilles de fer. La voiture noire et ses chevaux épouvantés ne vont pas tarder à l'atteindre.

Nous sommes en Transylvanie, un pays reculé, presque primitif, de l'Europe centrale, que la plupart des voyageurs évitent et qui exerce généralement une étrange influence sur les rares personnes suffisamment téméraires pour s'y aventurer.

Nous sommes en Transylvanie, une région de forêts denses et de villages isolés dont l'organisation sociale n'a guère connu de changement depuis le temps des seigneurs féodaux.

Nous sommes en Transylvanie où les gens superstitieux se signent quand la nuit tombe et suspendent des chapelets d'ail au-dessus de leurs fenêtres soigneusement closes pour conjurer d'antiques maléfices dont les pays plus civilisés ont depuis longtemps perdu le souvenir.

La banquette de la voiture noire est occupée par un personnage solitaire, enveloppé d'une lourde cape qui dissimule son visage, ne laissant voir que ses yeux, au fond desquels brûle un feu sombre animé par instants de lueurs rougeâtres.

Tandis que la voiture cahote vers sa hideuse destination au milieu des éléments déchaînés, le voyageur solitaire demeure aussi immobile qu'une statue. Qui peut bien être cet homme, pour s'apprêter aussi calmement à braver la nuit et à affronter les horreurs de ce repaire moyenâgeux ? Quel est donc l'inconnu assis dans cette voiture noire qui se précipite à un train d'enfer vers les hautes grilles du Château de Dracula ? Qui, en vérité... sinon *vous* ?

Portrait du Héros

Ce livre est un *jeu* : vous ne vous contentez pas de le lire, vous y participez. Vous aurez besoin pour cela d'une paire de dés, de papier et d'un crayon. Une calculatrice de poche pourra être utile, mais nullement indispensable.

Vous aurez également besoin de POINTS DE VIE, qui seront la mesure de votre capacité de survie au cours de cette aventure et sans lesquels vous serez condamné à une mort certaine. *Vous commencez votre aventure avec* 100 POINTS DE VIE.

Caractéristiques du personnage

Le héros que vous allez créer pour cette aventure devra faire preuve des aptitudes suivantes :

RAPIDITÉ, COURAGE, FORCE, HABILETÉ, PSI

Les quatre premières s'expliquent d'elles-mêmes. La lettre grecque PSI symbolise, quant à elle, *les facultés psychiques* de votre personnage, ses capacités à réali-

13

ser des prouesses extraordinaires telles que lire dans les pensées de quelqu'un, prévoir l'avenir ou attaquer des adversaires par sa seule puissance mentale. Pour déterminer vos Caractéristiques, lancez un dé pour chacune d'elles et notez le nombre de points obtenus. Le chiffre moyen est 3. Tout chiffre supérieur à 3 est de bon augure. Si vous tirez plusieurs chiffres inférieurs à 3, vous risquez de connaître bien des déboires.

Combats

Vous serez parfois appelé à défendre votre vie. Au cours d'un affrontement physique, les combats se déroulent de la façon suivante :

1. Lancez un dé pour votre adversaire et un pour vous-même. Ajoutez aux chiffres obtenus le total de RAPIDITÉ et de COURAGE de chacun des combattants. Celui qui obtiendra le chiffre le plus élevé portera le premier coup. Si les deux totaux sont identiques, lancez à nouveau les dés.

2. Pour porter un coup, lancez les *deux* dés. Si vous obtenez moins de 6, le coup aura manqué son but. Si vous obtenez 6 ou plus, le coup aura porté. Il vous faudra également lancer les dés pour votre adversaire en lui appliquant la même règle.

3. Pour déterminer la gravité de la blessure infligée par un coup que vous avez porté, ajoutez au chiffre donné par les dés votre total de FORCE et d'HABILETÉ, puis déduisez la somme de ces chiffres des POINTS DE VIE de votre adversaire. Si c'est vous qui recevez un coup, procédez de la même manière mais en inversant les rôles.

14

Lorsque votre total de POINTS DE VIE *tombe à 0, votre personnage est mort. Il en est, bien entendu, de même pour vos adversaires : lorsque leurs propres* POINTS DE VIE *tombent à 0, cela signifie que vous les avez tués.*

Fuite

La Fuite peut parfois être préférable au combat, par exemple si l'adversaire est particulièrement dangereux, ou si votre total de POINTS DE VIE est faible.

Lorsque vous choisissez la Fuite, lancez deux dés : le succès de votre tentative dépendra du chiffre obtenu.

De 9 à 12, vous gagnez sans encombre l'une des issues permettant de quitter le lieu où vous vous trouvez.

De 5 à 8, vous pouvez Fuir, mais seulement en retournant au paragraphe où vous vous trouviez précédemment. Il est donc essentiel de toujours noter de quel paragraphe vous venez. De plus, dans un tel cas, votre adversaire vous portera un coup sans que vous puissiez riposter et vous infligera une blessure qui vous coûtera le double des points déterminés par les dés ; c'est là l'inconvénient d'être frappé dans le dos.

De 2 à 4, votre adversaire vous coupe la retraite, ce qui rend toute Fuite impossible et vous porte automatiquement un coup qui *doublera* la perte de points subie par vous.

C'est le prix qu'il vous faudra payer pour vous être laissé prendre de vitesse.

Remarque : si votre tentative de Fuite est couronnée de succès mais que le paragraphe où vous vous trouvez ne comporte pas d'issue directe, retournez au paragraphe d'où vous veniez.

La Fuite ne peut être tentée qu'*avant* d'engager un combat, jamais au cours d'un combat.

Thérapeutique

Si un combat vous a fait perdre quelques POINTS DE VIE, ne vous tracassez pas trop : vos blessures cicatriseront d'elles-mêmes ; vous récupérez en effet 3 POINTS DE VIE au début de chaque nouveau paragraphe.

Si vous avez perdu *beaucoup* de POINTS DE VIE, vous serez probablement obligé d'avoir recours à des MÉDICAMENTS, ce qui risque d'être dangereux, ou au TRAITEMENT NATUREL, ce qui est *toujours* dangereux.

Médicaments

Il se peut que vous découvriez des MÉDICAMENTS au cours de votre aventure. Dans ce cas, le mode d'emploi figurera sur le flacon (juste au-dessous du crâne et des tibias entrecroisés).

Traitement naturel

Pour avoir recours au TRAITEMENT NATUREL, lancez deux dés. Au-dessus de 6, le nombre de points obtenus s'ajoute à votre total actuel de POINTS DE VIE. Si vous faites 6 ou moins, ce chiffre est *déduit* de votre total actuel de POINTS DE VIE. Réfléchissez et vous comprendrez qu'une tentative manquée de TRAITEMENT NATUREL peut vous être fatale.

En aucun cas vous ne pouvez avoir recours à un MÉDICAMENT *ou au* TRAITEMENT NATUREL *durant un combat.*

Aussi efficace que soit votre traitement, votre nombre de POINTS DE VIE ne doit jamais dépasser 100.

Psi

Le recours aux facultés PSI est encore plus délicat que l'usage des THÉRAPEUTIQUES décrites ci-dessus. Au début de l'aventure, vous déterminez avec un dé l'étendue de vos facultés PSI. Chaque fois que vous faites appel à ces facultés, vous perdez 1 point de votre total de PSI. Lorsque ce total est réduit à 0, vous pouvez continuer à employer vos aptitudes PSI, mais au prix redoutable de 20 POINTS DE VIE à chaque fois que vous les utilisez.

Argent

Au cours de votre aventure, vous pourrez avoir besoin de certains objets tels qu'un pistolet ou un rouleau de corde. Dans ce cas, il faudra les acheter, et, pour les payer, il vous faudra de l'argent.

Pour connaître le montant du pécule dont votre personnage disposera au départ, lancez deux dés et multipliez par quatre le résultat obtenu. Ce chiffre représente la somme dont votre héros sera doté au début de son aventure. Une précision intéressante : ce capital est constitué de *louis d'or* !

Vous avez sans nul doute consacré une bonne partie de votre existence à étudier les monnaies anciennes et vous savez, par conséquent, que 1 louis d'or vaut 20 francs d'argent, 1 franc d'argent représentant lui-même 20 sous de bronze. Il va sans dire que la valeur de toutes ces pièces est sans commune mesure avec la menue monnaie dont nous faisons usage de nos jours.

A vous de jouer !

Si vous avez déjà lu des « Livres dont *vous* êtes le
Héros », vous savez que l'aventure que vous allez
vivre vous fera suivre un itinéraire constitué de paragraphes numérotés. Cet ouvrage ne fait pas exception à la règle, mais il présente quelques différences
notables dans la manière de l'appliquer.

Ainsi avant que l'aventure proprement dite ne commence, tous les Lieux que vous serez amené à traverser ont été décrits dans 40 paragraphes distincts. Dès
que vous vous engagerez dans votre aventure, les
Lieux dans lesquels se déroulent les divers épisodes
seront indiqués par leurs noms et leurs numéros de
référence. Vous devrez alors vous reporter à ces
numéros de Lieux pour savoir où vous vous trouvez
exactement. Mais, attention : lorsque vous consultez
la description d'un Lieu, notez bien le paragraphe
d'où vous venez pour pouvoir y retourner ensuite. A
mesure que vous progresserez dans votre aventure,
tous ces Lieux deviendront de plus en plus familiers
et, très vite, vous n'aurez plus besoin de vous reporter à leur description pour savoir où vous êtes.

Ce procédé, spécialement conçu pour la série
« Epouvante ! », permet de développer dans le même
nombres de pages une aventure plus variée et plus
intéressante. On a pu ainsi aménager en un seul
volume une double aventure qui vous offre la possibilité d'incarner à votre gré deux personnages bien

différents : Dracula, le redoutable comte vampire, ou Harker, l'implacable chasseur de vampires.

Portes, chambres et passages secrets

Tout le monde sait que le Château de Dracula possède de nombreux passages secrets, portes dérobées et pièces mystérieuses dissimulés dans l'épaisseur de ses sinistres murailles ; mais, comme il a été édifié plusieurs siècles avant la naissance de Dracula, le comte lui-même ne les connaît pas tous. Où (et qui) que vous soyez durant cette aventure, il vous est toujours possible de rechercher, dans chacun des paragraphes que vous visitez, s'il existe un tel passage secret. Pour cela, lancez deux dés et modifiez si nécessaire le chiffre obtenu conformément aux instructions particulières qui vous seront données lorsque vous choisirez le personnage que vous souhaitez incarner.

Si vous obtenez 10, 11 ou 12 (avec ou sans modification), vous serez autorisé à consulter les *Documents secrets* figurant à la fin du volume. Vous y trouverez peut-être un renseignement utile.

Sachez que l'on ne vous suggérera jamais, au cours de votre aventure, de lancer les dés pour rechercher un éventuel passage secret. C'est à vous d'y penser, et à vous seul. Lorsque vous empruntez une porte ou un passage secret, notez toujours soigneusement le numéro du paragraphe que vous quittez. Il se peut que votre découverte vous conduise à de nouveaux paragraphes, mais il se peut aussi que vous soyez obligé de revenir sur vos pas : il est donc essentiel que vous vous souveniez du numéro de paragraphe où vous vous trouviez auparavant.

Arrivée au Château
de Dracula

Le cocher doit se cramponner à ses rênes pour reprendre le contrôle de son attelage. Les chevaux terrifiés se cabrent et hennissent, refusant d'approcher davantage des hautes grilles de fer du château de Dracula. La voiture noire oscille dangereusement, menaçant de verser, mais l'automédon parvient à maîtriser ses bêtes, et le véhicule s'immobilise sans dommage à moins de dix mètres du redoutable portail.

Un nouvel éclair illumine le sinistre château qui s'élève au-delà des barreaux, ténébreux assemblage de tours et de tourelles se profilant sur le ciel avec une sombre majesté.

— Nous y voilà, mon bon monsieur ! crie le cocher. Et le grondement du tonnerre couvre à moitié sa voix. Les chevaux s'agitent nerveusement lorsque la poignée de la portière commence à tourner. Le panneau s'ouvre lentement, et une silhouette apparaît, emmitouflée dans une cape pour se protéger de la pluie diluvienne ; le visage du voyageur est à peine visible et les chevaux se mettent à trembler tandis que l'homme descend de la voiture.

Un nouvel éclair illumine le sinistre château...

Après une pause, celui-ci lève la tête vers le cocher qui blêmit à vue d'œil. Une voix grave, mélodieuse, demande simplement :

— Mon bagage, s'il vous plaît !

— Tout de suite, monsieur, répond le cocher.

Maladroit dans sa hâte d'être débarrassé de son passager, il dépose son sac de voyage sur le sol en prenant soin de ne pas s'approcher des grilles plus près qu'il n'y est obligé.

— Merci.

L'homme fouille alors dans la poche de sa cape et en tire une pièce d'argent qu'il tend au cocher. Celui-ci l'accepte avec reconnaissance et regagne son siège, juché au sommet de la voiture. Sentant que le départ de ce maudit endroit est proche, les chevaux prennent d'eux-mêmes l'initiative de faire tourner le véhicule.

— Aurez-vous encore besoin de mes services ? s'enquiert le cocher, sa cupidité l'emportant provisoirement sur sa terreur.

Le voyageur hausse placidement les épaules.

— Peut-être.

Comment pourrait-il répondre à une telle question ? Dans le Château de Dracula, seul le mystère est prévisible. Demain, il aura peut-être besoin du cocher... S'il ne gît pas, maudit pour l'éternité, au fond d'une crypte humide et froide. Les chevaux inquiets commencent à faire avancer la voiture, centimètre par centimètre. Ce mouvement donne au cocher le courage de poser brusquement cette question :

— Qui êtes-vous, monsieur ? J'ai conduit bien des voyageurs dans bien des endroits, mais je n'ai encore jamais rencontré personne d'aussi... déroutant que vous. Qui êtes-vous, monsieur ? Dites-moi au moins votre nom, pour l'amour du ciel !

Qui êtes-vous ? Le moment est justement venu de prendre votre décision. Dans cette histoire à faire dresser les cheveux sur la tête, vous avez le choix entre deux personnages. Le premier est Jonathan Harker, un homme épris d'aventure, au courage légendaire. Le second est le comte Dracula, un vampire. La personnalité que vous adopterez va déterminer le déroulement de toute votre aventure. Alors réfléchissez bien avant de franchir les grilles du Château de Dracula.

Si vous décidez d'être Jonathan Harker, rendez-vous au 2.

Si vous préférez être le comte Dracula, rendez-vous au numéro 1.

Description des différents lieux de l'aventure

1

Portail du Château

Vous êtes devant les hautes grilles de fer forgé du Château de Dracula. Vers le nord, une allée creusée d'ornières conduit à la grande forteresse de pierre tapie au sommet du monticule. Dans toutes les autres directions, les immenses forêts de sapins de la Transylvanie se déroulent à perte de vue, coupées de quelques rares routes étroites et de sentiers sinueux et peuplées par les loups les plus féroces de toute l'Europe centrale.

2

Allée du Château

L'allée carrossable qui relie le portail à la cour d'honneur du Château de Dracula est creusée de profondes ornières et si mal entretenue qu'elle semble inutilisée depuis des générations. Elle est bordée de hautes haies dont les ifs centenaires sont si touffus qu'ils cachent complètement les paysages de cauchemar qui doivent s'étendre de chaque côté.

3
Sentier

Vous êtes sur un sentier étroit, sinueux, cerné de tous côtés par des arbres gigantesques et des broussailles si denses et si enchevêtrées qu'il est matériellement impossible de s'écarter du chemin de plus de quelques pas.

4
Cimetière familial

Des pierres tombales se dressent tout autour de vous comme des chicots dans la bouche d'un dément. Le sol est à l'abandon, envahi par une profusion de plantes sauvages et d'herbes folles. Le chiendent a gagné jusqu'aux sentiers de gravier qui serpentent entre les tombes, au point de les faire disparaître complètement par endroits.

L'examen des pierres tombales révèle qu'il s'agit d'un cimetière familial. Sur une stèle croulante, une inscription à peine lisible indique le nom de Vlad l'Empaleur (1310-1363), assassiné au cours d'une jacquerie. Là-bas repose la comtesse Drucilla, empoisonnée en 1713, et voici le sépulcre du baron Samedi, responsable, d'après son épitaphe, du décès prématuré de quarante-sept de ses compatriotes.

Et là, une florissante touffe de ciguë dissimule à demi la tombe d'un comte Dracula dont l'épitaphe se limite à un seul mot : *Ressuscité !*

Ce cimetière ne contient pas la moindre croix, pas le moindre crucifix. Les symboles religieux sont aussi absents que la vie elle-même.

5
Le Cabinet des Figures de cire

Cet endroit est rempli de mannequins d'un réalisme saisissant. Ici, un miséreux est pendu à une potence de bois, le visage congestionné et la langue hors de la bouche. Là, une ravissante jeune femme aux yeux écarquillés par la surprise a la gorge tranchée d'une oreille à l'autre. Plus loin, un fringant militaire est empalé sur un pieu.

Ce sont des poupées de cire, mais des poupées exécutées avec une telle perfection qu'on croirait voir des meurtres figés dans le temps, des victimes qu'un sortilège aurait pétrifiées à l'instant le plus atroce de leur supplice.

Au centre de cette pièce étrange, sur un fourneau à charbon de bois, un énorme chaudron de cire fondue bouillonne doucement comme un sombre marécage au fin fond de l'enfer.

Derrière ce chaudron se pressent d'autres visions d'horreur : une jeune aveugle, une hache de bucheron plantée dans le crâne ; un marchand bedonnant à demi dévoré par une meute de loups en cire ; un prêtre décapité ; une vieille lépreuse... Sur le mur de droite, une discrète petite plaque de cuivre indique que cet endroit répugnant est le MUSÉE DE CIRE DE DRACULA.

6

Campanile en ruine

Une clairière abrite les vestiges d'un campanile frappé par la foudre dont l'entrée est à demi dissimulée par un enchevêtrement de broussailles. Jadis, cette tour de pierre abritait probablement le gros bourdon du Château de Dracula, celui qui sonnait le tocsin en temps de guerre pour prévenir les paysans du voisinage qu'ils devaient prendre les armes afin de refouler une invasion turque, par exemple, ou de repousser des tribus polonaises descendues du Nord. Mais la cloche a disparu, et le campanile qui la logeait n'est plus qu'une ruine croulante.

7
Intérieur du campanile

Il subsiste quelques traces du dallage, depuis long-temps disloqué par les racines des plantes sauvages. Du lierre et un tas d'autres végétaux grimpants s'accrochent aux murs lézardés, dont les vieilles pierres n'ont pas l'air bien solide. Un étroit escalier en colimaçon est encore debout, mais il ne s'élève plus qu'à trois mètres au-dessus de votre tête. Le reste de ses marches, tout comme le sommet des murs, n'est plus qu'un amas de gravats que vous foulez aux pieds.

8
Caveau de famille

Niché entre deux touffes de belladone, un petit bâtiment de pierre, fermé par une grille en fer forgé, indique l'emplacement de quelque ancien caveau de famille. A travers les barreaux de la grille, on aperçoit une solide porte de chêne, au fond d'un petit vestibule.

9
Intérieur du caveau

L'intérieur du caveau est une pièce nue, sans accessoire ni ornement d'aucune sorte. Une courte volée de marches de pierre descend dans une crypte où reposent trois cercueils, posés chacun sur un socle.

10
Cour d'honneur

Une étroite cour pavée s'étend d'est en ouest, dominée au nord par la sombre masse du Château. A l'est, des marches conduisent à un vaste jardin en contrebas. Au sud, l'allée carrossable descend vers le portail. Au nord-ouest, un passage voûté donne sur une autre cour, plus petite et fermée, tandis que, à l'ouest, s'élèvent des dépendances aux murs chaulés.

11

Cour des écuries

Des écuries, apparemment inoccupées, entourent sur trois côtés cette cour intérieure. Au sud, un passage voûté conduit à la cour d'honneur du Château, et, à l'est, un petit portail de bois donne sur un ancien verger.

12

Jardin en contrebas

Quelqu'un y a planté des végétaux toxiques. Douce-amère, stramoine, aconit, jusquiame, cytise et digitale y prolifèrent, ainsi qu'un assortiment de champignons vénéneux aux couleurs vives, notamment des cortinaires, des amanites et des fausses oronges au chapeau moucheté de blanc. L'effet d'ensemble est ravissant, mais les senteurs combinées semblent un peu suffocantes.

13

Château de Dracula

A-t-on jamais vu demeure plus rébarbative ? Le Château de Dracula ne se dresse pas vraiment au-dessus des forêts qui l'entourent, on dirait plutôt qu'il s'est ramassé sur lui-même au sommet d'une éminence, tel un animal répugnant observant les environs. Ses pierres noires et son architecture rudimentaire tout comme sa taille modeste révèlent l'ancienneté de sa construction. Cette forteresse a été édifiée à une époque où la Transylvanie était encore jeune, une époque bien antérieure aux guerres polonaises ou turques, avant même que les hordes tartares ne déferlent au galop de leurs chevaux trapus.

L'histoire de ces vieilles pierres s'est perdue dans la nuit des temps. Tout ce qu'on peut affirmer, c'est que le sacrifice rituel de la pierre angulaire faisait partie d'un culte rendu à de très anciennes divinités.

14
Verger

Des troncs noueux et des branches tordues émergent comme des âmes en peine du fouillis de la végétation à l'abandon. Les fruits (pommes, poires et prunes) sont rabougris, ratatinés par manque de soins. A l'ouest, un petit portail conduit à une cour pavée. Au nord, un autre portail donne sur un sentier sinueux.

15
Chambre froide

Cette pièce longue et étroite est tout en pierre, nue et très, très froide. Des banquettes polies, en calcite et en marbre, bordent les murs. Dans la partie sud du mur est, une porte donne sur l'extérieur. Une deuxième porte, dans la partie nord du même mur, conduit dans une autre pièce.

16
Morgue familiale

Le relent âcre du formol, de l'aloès, du grès et du salpêtre ne laisse aucun doute sur la nature de cette pièce obscure : c'est la morgue familiale. Tables et bancs sont surchargés d'instruments et d'onguents. Ici, des produits permettant de conserver les corps. Là, des outils pour la fabrication des cercueils...
C'est, apparemment, dans cette pièce que des générations de seigneurs de la famille Dracula reçurent les derniers soins avant leurs funérailles. Certains

furent embaumés, d'autres momifiés, d'autres maquillés, d'autres rasés. Tous étaient morts, mais tous ne reposaient peut-être pas en paix...

Décoration insolite dans une telle pièce : des portraits ornent les murs, et leurs yeux semblent vous suivre dans tous vos déplacements. Au-dessous de ces tableaux, près des tables, plusieurs armoires de chêne sont fermées à double tour ; certaines ont près de deux mètres de haut.

17
Chenils

En dépit de leur aspect, ces locaux ne sont pas des écuries, mais plutôt des chenils. Cependant, à en juger par les émanations qui s'en dégagent, jamais ils n'ont abrité de chiens. Il règne ici une odeur plus caractéristique : celle des loups.

18
Porte d'entrée du Château

La grande porte d'entrée du Château, très vieille et garnie de gros clous de bronze, est enchâssée dans une épaisse voussure de gros blocs de pierre. Ceux-ci sont ornés de sculptures si usées, si rongées par les intempéries que l'on ne saurait dire avec certitude ce que représentent leurs motifs. Les vantaux ne portent ni heurtoir ni cloche.

19
Vestibule

Une jonchée de roseaux recouvre le dallage de pierre du vestibule. De chaque côté de la porte d'entrée, une applique de fer soutient une torche constituée d'une torsade de joncs enduite de goudron. Une lourde table de chêne occupe la partie est, tandis qu'une porte de chêne ciré à deux battants s'ouvre dans le mur nord.

20
Galerie (partie ouest)

Vous êtes dans un large couloir qui traverse le Château d'est en ouest. Une porte de chêne à deux battants s'ouvre dans le mur sud, une autre ouverture est aménagée dans le mur nord, à côté d'un escalier en colimaçon aux marches de pierre. Vers l'est, la galerie forme un coude, comme la patte arrière d'un chien, et un étroit passage perce la façade est.

21
Galerie (partie est)

Ce tronçon du couloir obscur aboutit à une porte massive menant vers l'est. Deux autres portes s'ouvrent dans le mur nord. Vers l'ouest, la galerie s'enfonce dans les ténèbres.

22
Cabinet de toilette de Dracula

Une seule porte, orientée au sud, donne accès à cette grande pièce froide, et son vantail, côté intérieur, est bardé de tant de chaînes, de barres, de serrures et de verrous que toute une légion de démons surgie des entrailles de l'Enfer ne parviendrait pas à le forcer. Seule une petite lampe à pétrole, posée dans une niche du mur ouest, éclaire cette pièce lugubre. Au nord, un siège en bois qui mérite mieux le nom de « trône » que de « chaise percée » est raccordé à une tuyauterie des plus rudimentaires. A côté de lui, à l'est, une rustique table de bois blanc porte une cuvette et un pot à demi rempli d'une eau teintée de rouille. L'un des murs et une partie du sol dallé, près du siège, sont couverts de graffiti anciens.

Débarras

Une fenêtre, dans le mur nord de cette pièce, domine ce qui paraît être un jardin à la française, mais les vitres sont tellement sales et la pièce si encombrée de bric-à-brac accumulé au cours des siècles qu'il est difficile d'en être certain. Des coffres, des caisses, des boîtes, des statuettes brisées, des meubles délabrés, des ornements poussiéreux emplissent presque tout l'espace disponible.

Salle de musique

Cette pièce, orientée nord-sud, est si étroite qu'elle donne l'impression d'avoir été aménagée dans un couloir. Au nord, près de l'unique fenêtre, trône un piano à queue. Des chaises au dossier droit et au siège à peine rembourré — deux douzaines au total — sont alignées le long des murs. Il y a deux portes, une à chaque extrémité du mur ouest.

Salon

Toutes les fenêtres percées dans le mur nord de cette vaste pièce ont été condamnées et occultées afin qu'aucune lueur venue du dehors ne puisse filtrer au travers. La pièce est confortablement et même luxueusement garnie de meubles anciens qui, en dépit de leur âge vénérable, sont encore en parfait état. On y trouve des canapés et des fauteuils, deux grandes tables d'acajou et une série de bibliothèques aux portes dotées de vitraux constitués de petits losanges sertis dans des croisillons de plomb. Des portes s'ouvrent dans les murs est et ouest.

Fumoir

Une énorme cheminée, dans le mur ouest, domine cette pièce curieusement meublée. Des tapis persans usés jusqu'à la trame recouvrent le sol dallé, tandis que les murs de pierre sont consacrés à l'exposition de divers trophées : têtes de loup naturalisées, chats sauvages empaillés et, plus macabre, une sorte de tête humaine momifiée, dont le visage parcheminé fixe le vide sous un fez turc.

Une vitrine contenant une panoplie d'armes anciennes est adossée au mur est. Plusieurs pistolets à silex y voisinent avec un revolver plus moderne, des poignards, des dagues, des lances et même une masse d'armes moyenâgeuse. Il y a une porte à côté de la vitrine et deux autres dans les murs sud et ouest.

Salle à manger

Une table de banquet cirée, d'une taille gargantuesque, domine cette gigantesque salle dépourvue de fenêtres dont les chandelles tremblotent sous les solennelles rangées de portraits d'ancêtres qui ornent les murs. A l'ouest et au sud, deux tables plus petites portent tout un assortiment de coffrets d'argenterie en vermeil, de carafes en cristal et de gobelets en argent. Deux portes s'ouvrent dans le mur nord, une troisième dans le mur sud et une quatrième dans le mur est.

Vestiaire

Cette pièce exiguë, à peine plus grande qu'un placard, sent l'humidité et le moisi. Des porte-manteaux et des patères sont destinés à suspendre les vêtements de sortie, et des capes dégageant une odeur nauséabonde occupent déjà certains d'entre eux. A l'entrée, tout près de la porte, sont posées plusieurs paires de bottes de cheval en cuir.

29
Cuisine

Deux énormes fourneaux à charbon, adossés aux murs ouest et nord occupent les cuisines du château. Curieusement, ils ne sont allumés ni l'un ni l'autre, et, au toucher, ils sont froids comme le marbre. Trois tables de bois blanc sont disposées sur le dallage poussiéreux. Chacune d'elles porte un assortiment d'ustensiles de cuisine et de couteaux. La plupart des buffets sont grands ouverts, mais ne contiennent aucune denrée. En fait, tout semble indiquer que cette cuisine est inutilisée depuis des années. Il y a une porte dans le mur nord, et, à l'est, une baie cintrée donne sur un escalier de pierre montant vers l'étage supérieur.

30
Bibliothèque

Cette pièce est à la fois une bibliothèque et un bureau. Son unique fenêtre — une ouverture assez étroite, située tout en haut du mur nord — est fermée par un volet de bois et condamnée ; aussi les seules sources d'éclairage se réduisent-elles aux lueurs tamisées des lampes à pétrole disposées dans toute la pièce, sur des supports de cuivre poli.

Les livres alignés sur les rayonnages comme les soldats d'une antique armée sont principalement des ouvrages historiques consacrés au passé tumultueux de la Transylvanie. Sur un bureau et une table voisine sont éparpillés des journaux et des magazines ; en les examinant de plus près, on s'aperçoit qu'ils sont tous écrits en anglais : *London Illustrated*

News... Times... Manchester Guardian... Sporting Life... Rod and Gun... Tatler... Punch... London Charivari...

On ne peut pénétrer dans cette pièce ou en sortir que par une seule issue : la porte aménagée dans le mur sud.

31

Jardin clos

Vous avez pénétré dans un jardin clos, planté — il y a bien longtemps, à en juger par la taille des arbres — avec une rigueur toute classique. Mais il suffit de jeter un regard sur les pelouses et les plates-bandes qui entourent les ormes majestueux pour se rendre compte que cette magnifique réalisation horticole est à l'abandon depuis de très nombreuses années.

32

Cour intérieure

Cette petite cour est pavée, mais comme elle est entièrement fermée, elle n'est manifestement pas destinée à recevoir des chevaux. Ce qui paraît bizarre car elle est entourée sur trois côtés par ce qui semble bien être des écuries.

33

Couloir supérieur

L'étroit escalier débouche dans un sombre couloir bordé d'une rangée de portes fermées à clef, douze au total. Au-delà de ces portes, au bout du couloir, un deuxième escalier monte vers le chemin de ronde du Château.

34

Chemin de ronde

De ce point culminant, on se rend fort bien compte que le Château est construit à l'extrémité d'un escar-

34 *Le château de Dracula, construit à l'extrémité d'un escarpement abrupt, interdit toute évasion.*

pement abrupt, qui, sur trois côtés, le rend inexpugnable et interdit toute velléité d'évasion. Au nord, la muraille rocheuse descend à pic juste au-dessous des écuries extérieures et du mur du verger. A l'ouest, le précipice s'ouvre immédiatement sous le mur du cimetière familial, tandis que l'accès au versant est se trouve barré par une forêt presque impénétrable. Le chemin de ronde lui-même est dans un état avancé de délabrement : les pierres et le mortier s'effritent un peu partout et, sur une certaine longueur, il s'est même éboulé complètement, ce qui le rend impraticable à cet endroit.

35

Crypte de Dracula

Cette pièce lugubre, creusée dans les entrailles de la terre, est reliée à la surface du sol par un étroit escalier en spirale. La crypte n'est pas grande : quatre mètres de côté tout au plus. Contre le mur nord est posé un sarcophage de granite dans lequel est enchâssé un cercueil d'ébène rempli de terre consacrée. Par ailleurs, la pièce est entièrement vide, en dehors de quelques lambeaux des épaisses draperies brunes qui recouvraient jadis le mur ouest.

Vide ou pas, cependant, on sent régner dans cette crypte une force terrifiante, émanation d'un antique pouvoir trop redoutable pour être défié.

36

Boudoir mortuaire

C'est une pièce où l'on imagine aisément une dame de haut rang s'affairant à sa toilette. On y trouve une coiffeuse surchargée de flacons contenant les parfums les plus rares et de pots d'onguents destinés aux soins de l'épiderme. A côté, un chiffonnier recèle tout un assortiment de postiches et de rubans. A l'est, une penderie regorge de somptueuses robes de bal en taffetas ou en satin. A l'ouest, une autre penderie est pleine d'atours de nuit diaphanes en soie blanche ou bleu pâle.

Des tapis moelleux couvrent le sol, d'élégantes tentures dissimulent les murs. Au premier abord, on pourrait se croire dans une chambre à coucher, à un petit détail près : il n'y a pas de lit. Mais contre les cloisons pastel sont appuyés trois cercueils noirs à poignées de cuivre.

37
Antre du prêtre

Bien qu'exiguë au point de vous rendre claustrophobe, cette minuscule chambre secrète est néanmoins suffisamment grande pour qu'une personne seule puisse s'y tenir debout, s'y asseoir et même s'y coucher assez confortablement. Des crucifix sont encastrés dans les murs aux quatre points cardinaux, et une puissante odeur d'ail émane de la maçonnerie.

38
Dédale des Nécrophages

Vous avez pénétré dans un réseau de tunnels creusés, selon toute apparence, à même la terre. Ici, pas de couloirs aux murs de pierre. On dirait plutôt la tanière d'un blaireau ou le terrier d'un renard suffisamment gros pour avoir creusé un tel labyrinthe.

39
Chapelle du Château

Le dernier endroit que l'on s'attendrait à trouver dans ce Château ! Toute parfumée de sainteté et d'encens, c'est une ravissante chapelle, somptueuse-

ment décorée, à laquelle ne manquent ni l'autel suré-
levé, ni le grand crucifix, ni les croix d'argent, ni les
lampes votives, ni les statues de saints finement scul-
ptées.

40

Galerie des glaces

La faible lumière que vous tenez à la main resplendit
brusquement, tel l'éclat du soleil, lorsque vous pénétrez dans cet endroit éblouissant : une pièce entièrement tapissée de miroirs, où des myriades de reflets
jaillissent des murs, du sol et du plafond, formant
par illusion d'optique des couloirs lumineux qui
semblent se prolonger à l'infini.

**Et maintenant...
l'Aventure commence !**

Vos yeux s'ouvrent. Il y a quelqu'un devant le portail ! Vous le savez avec autant de certitude que si vous vous teniez à côté de la voiture, une torche à la main. Un instinct aiguisé par des siècles de survie vous avertit d'un danger. Aucun mortel ordinaire n'oserait venir vous chercher ici, dans le château ancestral qui est depuis si longtemps le siège de votre puissance. Un seul homme aurait l'audace d'y pénétrer : le Dr Abraham van Helsing, médecin, avocat, métaphysicien et tueur de vampires. Il est clair qu'il s'est juré de vous anéantir comme il a déjà anéanti tant de morts vivants. Sa visite cependant est peut-être une chance pour vous, en même temps qu'un danger, car si vous parveniez à tuer van Helsing, plus aucun être vivant n'aurait le pouvoir nécessaire pour s'opposer à vos desseins. Une fois van Helsing éliminé, vous serez libre de faire tout ce qu'il vous plaira, d'aller où bon vous semblera, d'acquérir de plus en plus de puissance au cours des siècles à venir, jusqu'à ce que le monde entier tombe à vos genoux. Vous sortez du cercueil. Debout sur les dalles froides, vous vous drapez dans votre cape comme une chauve-souris dans ses ailes membraneuses. Vous avez faim. Il ne s'agit pas de cette faim dévorante qui vous ronge lorsque le sang se fait rare (la nuit dernière, en effet, avant que le coq chante, vous vous êtes repu de ce fouinard de notaire londonien, Me Harker), mais plutôt du délicieux frisson qui surexcite vos sens à l'idée d'une savoureuse victoire et rend l'état de mort vivant si profondément délectable.

Vous êtes Dracula, aristocrate transylvanien, guerrier et vampire. Ce Château est le vôtre, et votre proie s'apprête, en toute inconscience, à en franchir le seuil. Vous sortez dignement de votre sarcophage, le regard fier, et vous tirez des profondeurs de votre cape noire un bâton de craie rouge sang avec lequel vous dessinez sur le sol le cercle divinatoire. Car, maintenant, votre vieil ennemi est suffisamment proche pour que vous puissiez enfin en savoir davantage sur ses pouvoirs et ses faiblesses.

(Pendant que le monstre qui est votre alter ego s'accroupit pour tracer les signes cabalistiques du cercle divinatoire, lancez les dés et notez les caractéristiques de van Helsing, exactement comme vous avez noté les vôtres.)

Lorsque vous vous redressez, un mince sourire flotte sur vos lèvres cruelles. Demain, van Helsing sera mort. Vous, Dracula, vous allez le traquer, l'acculer et le faire adroitement passer de vie à trépas. Après quoi, vous boirez son sang, afin d'acquérir la force que requièrent les tâches grandioses qui vous attendent.

Les détails de la préparation à laquelle vous devrez vous soumettre avant de quitter votre crypte vous sont exposés au 3.

2
Portail du Château — Lieu 1

D'une main soigneusement manucurée, vous poussez les hautes grilles en fer forgé du Château de Dracula. Sans opposer de résistance, elles pivotent sur leurs gonds dans un étrange silence, troublé seulement par le hurlement lointain d'un loup. Devant vous s'étend une allée orientée au nord. Elle vous conduira au manoir démoniaque et au monstre qui en est le seigneur.

2 *Les hautes grilles en fer forgé du château de Dracula pivotent sur leurs gonds dans un étrange silence.*

Si vous hésitez, ce n'est pas par peur, mais par prudence. Vous vous appelez Jonathan Harker, tout le monde vous prend pour un humble clerc de notaire londonien, et vous êtes venu ostensiblement en Transylvanie en tant que représentant de l'étude qui vous emploie. Cette façade cache cependant une personnalité autrement plus inquiétante. Car le falot Harker est, en réalité, un expert en sciences occultes, un initié qui explore les arcanes les plus ésotériques du Grand Art. Et les recherches que vous avez menées vous ont permis de comprendre l'effroyable secret de ce sombre Château. Vous, et vous seul, savez que la créature qui en a été le seigneur et maître durant des générations est, en fait, la plus ignoble incarnation de la face cachée de la Nature : un vampire d'une telle puissance, d'un machiavélisme si diabolique que les structures mêmes de la civilisation risqueraient de s'effondrer si jamais il venait à sortir de son domaine ancestral. Pourtant, il va en sortir... et bientôt. L'étude dans laquelle vous travaillez vous a effectivement chargé de négocier l'acquisition d'un hôtel particulier à Londres au bénéfice du comte Dracula. A ce moment-là, évidemment, vous ignoriez tout de sa nature démoniaque. Mais pendant que vous traversiez la Transylvanie avec les titres de propriété, des rumeurs persistantes vous sont venues aux oreilles : des histoires de moutons égorgés et saignés à blanc, de bêtes abattues qu'on retrouve vidées de leur sang.

D'autres rumeurs circulent, plus sinistres encore : des histoires d'hommes et de femmes qui dépérissent à vue d'œil et finissent par mourir avec d'étranges marques de piqûre près de la veine jugulaire. A vos yeux d'initié, tous ces signes ne pouvaient laisser le moindre doute : il y avait un vampire dans les parages. Et plus votre voyage vous rapprochait du Château de Dracula, plus la vérité devenait évidente : le vampire n'était autre que votre futur client, le comte Dracula en personne, ce comte Dracula qui s'apprête maintenant à quitter sa Transylvanie natale pour les terrains de chasse plus giboyeux de Londres.

Vous seul pouvez l'arrêter, car vous seul connaissez la hideuse vérité et vous seul possédez les connaissances nécessaires pour affronter un tel adversaire dans un duel à mort.

Avant de décider ce que vous allez faire, rendez-vous au 4 pour en savoir davantage sur Jonathan Harker.

3

Crypte de Dracula — Lieu 35

Votre état de comte mort vivant vous soumet à certaines règles particulières. Les voici :

1) Chaque fois que vous passerez d'un paragraphe à un autre, vous *perdrez* 2 POINTS DE VIE, contrairement à la plupart des autres héros qui, eux, *gagnent* des POINTS DE VIE lorsqu'ils abordent un nouveau paragraphe.

2) Ni les MEDICAMENTS ni le TRAITEMENT NATUREL n'auront d'effet sur vous. Votre seule et unique manière de récupérer des POINTS DE VIE consiste à boire le sang de vos victimes, ce qui ne peut se produire qu'au cours d'un combat. Lorsque vous obtiendrez 6 ou 12 en lançant les dés, vous gagnerez autant de POINTS DE VIE qu'en possédera à ce moment-là votre adversaire, le total ne pouvant jamais dépasser 100. (Cette opération ne *retire* rien à votre adversaire, en dehors de la pénalité normale occasionnée par la blessure et déterminée par les dés.)

3) Vos facultés PSI sont les suivantes :
a) *Domination des Petits Animaux ;*
b) *Téléportation ;*
c) *Transmutation.*

La *Domination des Petits Animaux* est utile si vous êtes agressé par un animal plus petit qu'un être humain (rat, chien, chat, etc.). Au prix de la perte de 1 point d'énergie PSI (ou de 20 POINTS DE VIE équivalents), vous pouvez neutraliser l'attaque d'un ou de plusieurs animaux. Le sacrifice d'un deuxième point PSI convaincra la créature de combattre désormais pour votre compte. Mais si vous avez asservi un animal de cette manière, chaque combat ultérieur vous obligera à lancer deux dés pour savoir s'il va ou non se retourner contre vous. Il vous faudra obtenir un chiffre supérieur à 4 pour que la créature combatte à vos côtés. Si vous obtenez 4 ou moins, elle s'alliera à votre adversaire pour vous combattre. (Dans ce cas, vous pourrez évidemment neutraliser son attaque en faisant à nouveau appel à votre PSI.

La *Téléportation* doit obligatoirement être utilisée pour sortir de votre crypte et peut vous servir à y rentrer tant que vous n'aurez pas découvert le passage secret. La *Téléportation* vous permet, au cours de votre aventure, de rejoindre directement votre crypte à tout moment, sauf pendant un combat. Dans la pratique, son utilisation vous amène au **5**, Lieu 35.

La *Transmutation* vous permet d'adopter temporairement, durant un combat, la forme d'une chauve-souris. Sous cet aspect, vous êtes beaucoup plus difficile à atteindre, et votre adversaire devra obtenir 8 ou plus pour y parvenir. En revanche, vous êtes infiniment moins vigoureux, et votre total de FORCE sera provisoirement réduit à 1 (ce qui aura son influence sur le calcul des dommages que vous infligerez à votre adversaire). Reprendre votre forme humaine vous coûtera 1 point de PSI.

Portes secrètes

A l'intérieur du Château, vous aurez le droit d'ajouter 2 points au chiffre donné par les dés lorsque vous chercherez un passage secret.

A l'extérieur du Château, les lieux vous étant moins familiers, vous ne pouvez majorer ce chiffre que de 1 point. Si votre tentative est couronnée de succès, vous serez autorisé à consulter le *Tableau des Passages secrets* à la page **213**.

Et maintenant, rendez-vous au **5** *pour commencer votre aventure.*

4

Portail du Château — Lieu 1

En tant que Jonathan Harker, vos recherches occultes vous ont permis d'acquérir les facultés PSI suivantes :

a) *Béatification* ;
b) *Sanctification* ;
c) *Empalement*.

La *Béatification* est une faculté qui vous permet de vous bénir vous-même, ou de bénir toute arme utilisée par vous, pendant toute la durée d'un combat déterminé. Cette bénédiction provoque chez votre adversaire la perte de 5 points supplémentaires chaque fois que vous le blessez.

La *Sanctification*, qui ne peut durer que le temps d'un seul combat, vous enveloppe d'une aura religieuse tellement puissante que l'effet de toute blessure subie par vous est automatiquement réduit de 5 points.

L'*Empalement* est de loin la plus importante de vos

facultés PSI, puisque le seul moyen de tuer définitivement un vampire consiste à lui planter un pieu dans le cœur. Pour utiliser cette faculté au cours d'un combat, il vous faut d'abord perdre 1 point de PSI (ou son équivalent en POINTS DE VIE), puis obtenir 6 ou 12 en lançant les dés lors de l'assaut. Ce score de 6 ou 12 provoquera alors la destruction totale et instantanée d'un vampire (mais n'aura aucun effet particulier sur quoi que ce soit d'autre). En revanche, si vous ne réussissez pas à obtenir 6 ou 12 du premier coup, l'énergie PSI (ou les POINTS DE VIE) que vous aurez perdue aura été gaspillé pour rien.

Portes secrètes

L'acuité de votre don d'observation vous permettra de majorer de 1 point le chiffre donné par les dés lorsque vous cherchez des passages secrets, tant à l'intérieur qu'à l'extérieur du Château. Si votre tentative est couronnée de succès, vous serez autorisé à consulter le *Tableau des Passages secrets* à la page **213**.

Et maintenant, rendez-vous au **6** *pour commencer votre aventure.*

5

Crypte de Dracula — Lieu 35

Vous jetez un coup d'œil aux marches de pierre qui conduisent hors de votre crypte ; un antique pouvoir vous interdit de les monter et vous en éprouvez quelque irritation. Mais peu importe : votre faculté de Téléportation va vous permettre de sortir rapidement d'ici pour traquer le présomptueux van Helsing. Levant vos bras puissants au-dessus de votre tête, vous vous concentrez, les sourcils froncés, et, au prix de 1 point de PSI, vous entreprenez le processus de Téléportation. Pendant une seconde, il ne se passe rien. Puis votre corps devient phosphorescent et s'estompe progressivement dans une étrange pulsation avant de disparaître complètement, comme une flamme qui s'éteint, avec une soudaineté déconcertante.

Où êtes-vous arrivé ? Vous avez le choix entre la Salle de musique (rendez-vous au 9), le Jardin clos (rendez-vous au 15) et la Cour intérieure (rendez-vous au 19).

6

Portail du Château — Lieu 1

Vous faites mentalement l'inventaire de vos biens. Votre sac de voyage contient le strict minimum qu'exige la vie civilisée : gant de toilette, brosse à dents, une plume et du papier pour tenir votre journal, et un exemplaire numéroté d'un curieux ouvrage, *la Quête du Saint-Graal : le Château des Ténèbres*, que vous vous proposez de lire à vos moments perdus, lorsque les servitudes de votre tâche présente vous en laisseront le loisir. Tout le reste s'est envolé : vos vêtements de rechange, vos armes, vos bouteilles d'eau bénite, votre guirlande de fleurs d'ail, votre crucifix, votre collection de pieux façonnés main... tout a disparu, en même temps que le reste des bagages, quand des brigands ont attaqué la diligence à la frontière autrichienne. Qu'à cela ne tienne ! Vous n'avez perdu ni vos connaissances, ni vos facultés PSI, ni votre farouche volonté de survivre. Suffisamment longtemps, en tout cas pour débarrasser à jamais le monde de la menace séculaire que constitue le comte Dracula. Vous irez bravement de l'avant, vous combattrez avec acharnement tous les obstacles qui se présenteront. Et vous triompherez !

D'un pas ferme, vous vous mettez en marche vers votre destinée.

*Mais, si cette question n'est pas indiscrète, dans quelle direction ? Vers le nord, l'allée qui mène au Château vous attend au **10**. Le sud et l'ouest sont tous deux bouchés par la forêt et des broussailles impénétrables, alors que vers le sud-est, en vous rendant au **16**, vous reviendrez sur la route par laquelle vous êtes arrivé.*

7

Salon — Lieu 25

La pièce est vide, mais vous vous apercevez avec horreur que quelqu'un — van Helsing, probablement — vous y a précédé, car une guirlande d'ail est suspendue à la porte ouest.

*Ce qui est extrêmement déplaisant pour un vieux mort vivant tel que vous. Si vous voulez franchir la porte ouest, rendez-vous au **17** mais il vous faudra retirer la guirlande, ce qui vous coûtera 5 POINTS DE VIE. Si vous préférez retourner dans la salle de musique rendez-vous au **21**.*

8

Allée du Château — Lieu 2

En vous approchant de la masse sombre du Château, vous découvrez que deux sentiers partent de l'allée : l'un sur la gauche, en direction de l'ouest ; l'autre sur la droite, en direction de l'est.

*Bifurquer vers l'ouest vous mènera au **12**. Pour aller vers l'est, rendez-vous au **20**. Pour continuer tout droit vers le nord et le Château, rendez-vous au **24**.*

Quelque chose joue du piano ! Et joue même un cantique, si l'oreille que vous dressez ne vous abuse pas ! Une seule explication possible : van Helsing n'est pas seul !

(Vous repoussez d'emblée l'éventualité que le pianiste puisse être van Helsing en personne : même si on lui promettait son poids en louis d'or, il serait bien incapable de jouer la première mesure de *Au clair de la lune* sans fausse note.) Vous avancez en émettant un sifflement gourmand. Quel que soit le musicien, c'est un festin en perspective. Mais, bientôt, vous vous arrêtez net. Car, à présent, vous voyez qui joue du piano : c'est un bébé grassouillet, à demi nu, avec de grands yeux bleus et une adorable petite veine qui palpite sur son cou. Vous continuez alors d'avancer, ravi de trouver une friandise aussi appétissante (et aussi inattendue), quand vous vous apercevez que le bambin est doté d'une paire de petites ailes !

Cette petite horreur est un chérubin ! C'est très certainement van Helsing qui l'a appelé à son secours dans l'espoir qu'il vous tuera. Il possède 50 POINTS DE VIE *et les caractéristiques suivantes :* RAPIDITÉ 5 ; COURAGE 6 ; FORCE 3 ; HABILETÉ 2 ; PSI 1. *Sa faculté* PSI *est l'émission d'un globe de feu parfumé à l'ail qui vous fera perdre* 15 POINTS DE VIE. *(Lancez un dé pour savoir combien de fois il tentera d'en faire usage. Vous perdrez autant de fois* 15 POINTS DE VIE *que le chiffre obtenu.) Si le chérubin vous tue, rendez-vous au* **13**. *Si vous survivez, vous pouvez quitter la salle de musique soit par la porte nord (rendez-vous au* **7***), soit par la porte sud (rendez-vous au* **11***).*

Allée du Château — Lieu 2

Il existe néanmoins un sentier qui se faufile entre les arbres en direction de l'est.

Et vous pouvez, si vous le désirez, l'emprunter en vous rendant au 18. Mais vous pouvez également poursuivre votre chemin vers le Château. Rendez-vous dans ce cas au 8.

Galerie (partie ouest) — Lieu 20

En vous retournant pour refermer derrière vous la porte de la salle de musique, vous vous trouvez face à un spectacle à vous glacer le sang (pour autant que votre sang soit susceptible de se refroidir davantage). Quelqu'un a cloué un morceau de papier sur le panneau à l'aide d'un poignard au manche ciselé. Vous détachez prudemment le papier et vous découvrez qu'un message codé y est inscrit en lettres d'imprimerie :

QFOEBOU RVF WPVT
QFSEFA WPUSF UFNQT
B EFDIJGGSFS DFDJ
KF WPVT UFOET EFT
QJFHFT FGGSPZBCMFT.
WPUSF EFWPVF
TFSWJUFVS, WBO
1FMTJOH

*Ce qui est probablement du plus haut intérêt, mais où aller maintenant ? Suivre la galerie vers l'ouest (rendez-vous au **23**) ou vers l'est (rendez-vous au **27**) ? L'étroite baie de la façade vous ramène dans la salle à manger (rendez-vous au **21**). La porte à deux battants du mur sud vous conduira au **33**. Vous pouvez aussi franchir la porte du mur nord en vous rendant au **39** et, enfin, monter l'escalier en allant au **47**.*

12

Cimetière familial — Lieu 4

Quel endroit étrange ! Si étrange même que, en le visitant, vous ne parvenez pas à vous débarrasser complètement de l'impression que quelque chose vous suit.

Vous regardez autour de vous, mais il n'y a rien à voir, en dehors des stèles délabrées. Faut-il retourner vers l'est pour regagner l'allée du Château ? Votre exploration vous a fait découvrir une autre issue pour quitter cet endroit lugubre : un sentier orienté au nord. Vous avez également remarqué, au sud-ouest, ce qui paraît être l'entrée d'un ancien caveau qui pourrait se révéler intéressant à visiter (et peut-être mortellement dangereux !). Mais pourquoi n'arrivez-vous pas à vous défaire de cette sensation d'être suivi ? Peut-être parce que quelque chose vous suit, en effet. Dans un horrible craquement de brindilles desséchées, un cadavre vacillant, dans un état avancé de putréfaction, à peine couvert de quelques lambeaux de ce qui fut autrefois un linceul, sort en titubant des broussailles et s'avance en vous regardant fixement et en tendant vers vous d'énormes mains blanchâtres. Vous restez pétrifié, brusquement paralysé par la terreur, jusqu'au moment où vous sentez l'haleine fétide de la créature vous effleurer le visage. Alors votre immobilité s'évanouit d'un seul coup, et vous vous retrouvez engagé dans une lutte à mort avec ce qui ne peut être qu'un zombie !

C'est véritablement une créature répugnante sans beaucoup de POINTS DE VIE *(25, pour être précis), mais tellement malsaine que si elle vous blesse en obtenant 11 ou 12 avec les dés, vous serez contaminé par une mycose qui vous fera perdre 5* POINTS DE VIE *à chaque nouveau paragraphe jusqu'à ce que vous ayez découvert un remède. Les caractéristiques du zombie sont :* RAPIDITÉ 1 ; COURAGE 6 ; FORCE 3 ; HABILETÉ 2 ; PSI 0. *S'il vous tue, rendez-vous au* 14. *Si vous survivez, rendez-vous au* 22.

13

Enfer — Lieu inconnu

Vous êtes mort. Ou plus exactement, vous avez cessé d'être un mort vivant. Quelqu'un (ou quelque chose) vous a aidé à dérouler le fil de votre vie. Heureusement, les vampires dissimulent plus d'un truc sous leur cape de soie noire. Et l'un de ces trucs est la très déplaisante habitude de réintégrer furtivement leur crypte pour s'y régénérer rapidement. Ce que, précisément, vous êtes en train de faire. Dotez-vous avec un dé de nouvelles caractéristiques, reprenez 100 POINTS DE VIE tout neufs puis rendez-vous au 5. Une mauvaise nouvelle pour vous cependant : sachez que les obstacles et adversaires que vous avez pu affronter jusqu'ici sont redevenus ce qu'ils étaient à l'origine. Il ne vous reste donc plus qu'à tout recommencer...

12 *Dans le cimetière un zombie, dans un état de putréfaction avancé, se jette sur vous.*

14

Ciel — Lieu inconnu

Tant pis pour les chemins pavés d'or et la musique de harpes : vous avez de la besogne en perspective ! Pas question pour Jonathan Harker de se laisser glisser dans la mollesse des délices du Paradis alors que le sinistre comte est encore en vie. Rendez-vous sans plus attendre au Centre de réincarnation pour refaire provision de 100 POINTS DE VIE et vous doter de nouvelles caractéristiques, puis, coudes au corps et sourire aux lèvres, précipitez-vous au **6** afin de tout recommencer depuis le début. Une mauvaise nouvelle, cependant : sachez que tous les obstacles et adversaires que vous avez pu affronter et vaincre jusqu'ici sont redevenus ce qu'ils étaient à l'origine...

15

Jardin clos — Lieu 31

Vous secouez la tête pour vous éclaircir les idées. Votre âge défie l'imagination, et, par moments, votre mémoire n'est plus ce qu'elle était. Il vous semble vaguement vous souvenir de l'existence d'une porte dans la partie nord du mur est, et, vérification faite, elle est effectivement là. Vers le sud, le jardin contourne le Château en formant un L qui aurait subi une rotation d'un quart de tour vers la gauche. Une porte s'ouvre dans la branche du L orientée au sud et une autre dans la branche orientée au sud-ouest, l'une et l'autre menant, selon toute probabilité, au Château lui-même.

*Vous avez donc l'embarras du choix, mon cher comte. La porte du mur extérieur vous amènera au **25**. Si vous préférez rentrer dans le Château par la porte sud,* rendez-vous au **29** ; par la porte sud-ouest, rendez-vous au **35**.

16

Route forestière — Lieu perdu

Maintenant que vous la parcourez à pied et non plus en voiture, la route qui serpente entre les arbres vous paraît terriblement inhospitalière. Et les hurlements des loups vous semblent terriblement proches. Ce qui, d'ailleurs, n'a rien de très surprenant car la meute est maintenant sortie des bois et vous cerne de toutes parts.

Lancez un dé pour savoir combien de loups vous attaqueront. Chacun d'eux possède 25 POINTS DE VIE *et les caractéristiques suivantes :* RAPIDITÉ 5 *;* COURAGE 5 *;* FORCE 4 *;* HABILETÉ 5 *;* PSI 0. *Si vous survivez à leur assaut (ce qui, en toute franchise, paraît peu probable), prenez vos jambes à votre cou et retournez au* **6**. *Sinon la bande de loups traînera votre cadavre jusqu'au* **14**.

17

Fumoir — Lieu 26

Vous contemplez pensivement la vitrine, en vous demandant si vous avez intérêt à vous munir d'une arme pour affronter van Helsing.

Si vous estimez devoir le faire, rendez-vous au **31**. *Sinon, rendez-vous au* **37**.

18

Sentier — Lieu 3

Devant vous, le sentier bifurque vers le nord-est et le sud-est.

*La branche nord-est conduit au **26**, la branche sud-est au **32**. Mais vous pouvez également revenir sur vos pas en vous rendant au **10**.*

19

Cour intérieure — Lieu 32

*Vous pouvez visiter les écuries en vous rendant au **41**, ou si vous préférez utiliser l'une des deux portes fermées qui donnent sur la cour : celle du mur sud conduit au **45**, celle du mur ouest au **51**.*

20

Sentier — Lieu 3

Lorsque vous avez parcouru une courte distance vers l'est, le sentier bifurque vers le nord-est et le sud-est.

*La branche nord-est conduit au **28**, la branche sud-est au **34**.*

21

Salle de Musique — Lieu 24

Le cadavre du chérubin commence à se décomposer à vue d'œil, et une odeur douçâtre de putréfaction flotte dans la pièce. Derrière le corps, le piano se met soudain à égrener des notes décousues sans que personne ne touche à son clavier. D'un bond, vous vous jetez sur l'instrument et vous soulevez l'abattant : un gros rat aux yeux rouges s'est empêtré dans les cordes.

*Vous pouvez manger le rat (rendez-vous au **49**) ou tentez de l'asservir (rendez-vous au **43**). Vous pouvez aussi faire demi-tour : la porte nord vous conduira au **53**, la porte sud au **57**.*

Il y a des morceaux du zombie éparpillés dans tous les coins, autant en raison de son état de décomposition avancée que de la férocité de votre attaque. Aussi répugnante que soit cette tâche, vous vous astreignez néanmoins à fouiller tous les morceaux du cadavre, sachant par expérience que l'on trouve parfois des choses précieuses dans les endroits les plus inattendus. C'est précisément le cas aujourd'hui car en desserrant les doigts crispés de la repoussante main gauche de la créature (chez les zombies, la *rigor mortis* est quasi instantanée), vous découvrez une fiole de liquide incolore, dont l'étiquette, ornée d'un crâne et de tibias entrecroisés, porte cette très remarquable inscription :

ELIXIR DE REGÉNÉRATION
(Breveté S.G.D.G.)
du Dr Viktor von Frankenstein
(Ne pas laisser à la portée des adultes)
Mode d'emploi : à boire à la dernière extrémité.

En posant prudemment une petite goutte du produit sur le bout de votre langue, vous comprenez qu'il s'agit d'une décoction de plantes, à base d'alcool et de laudanum, d'une puissance considérable.

Suffisante, en fait, pour vous faire récupérer, si vous l'absorbez, la totalité de vos POINTS DE VIE. *Malheureusement, la fiole ne contient qu'une seule et unique dose. Appropriez-vous cette potion miracle et choisissez le côté par lequel vous allez sortir de cet étrange endroit : l'est (rendez-vous au* **24***) ou le nord (rendez-vous au* **30***) ? Bien entendu, vous pouvez également* *décider de visiter le curieux caveau situé au sud-ouest (rendez-vous au 36).*

23

Galerie (partie ouest) — Lieu 20

La porte du mur nord est légèrement entrebâillée, tandis que, plus loin vers l'ouest, la galerie tourne à angle droit vers le nord et aboutit, peu après, à une volée d'étroites marches de pierre qui s'enfonce dans le sol.

Intéressante alternative. Si vous souhaitez franchir cette engageante porte nord, rendez-vous au 59. Si vous préférez descendre l'escalier de pierre, rendez-vous au 55.

24

Cour d'honneur — Lieu 10

Mais, avant de choisir la direction dans laquelle vous dirigerez maintenant vos pas, vous allez sûrement être obligé de vous occuper de la créature chevaline qui galope vers vous, les naseaux dilatés, les sabots lançant des étincelles et les yeux brûlant de haine.

Cette créature noire comme l'Enfer est sûrement un hippogriffe, mon cher Harker, et elle risque de se révéler particulièrement dangereuse. L'hippogriffe possède 40 POINTS DE VIE et les caractéristiques suivantes : RAPIDITÉ 6 ; COURAGE 4 ; FORCE 6 ; HABILETÉ 3 ; PSI 0. Le plus grave, c'est que les blessures qu'il inflige coûtent 2 points supplémentaires à cause de ses sabots durs comme l'acier. Si cette redoutable créature vous tue — et elle fera certainement tout son possible pour y parvenir —, rendez-vous au 14. Si vous survivez, rendez-vous au 38.

24 *Un hippogriffe galope vers vous, les naseaux dilatés et les yeux brûlants de haine.*

Rebord de la muraille rocheuse — Lieu immatériel

Vous ouvrez toute grande la porte du mur extérieur et vous en franchissez témérairement le seuil, sans réfléchir à la disposition particulière de cette partie de votre domaine. La mémoire vous revient trop tard lorsque vous enjambez le rebord à pic : vous tombez dans le vide pendant une éternité, puis enfin vous vous écrasez sur les roches acérées qui tapissent le pied de la muraille.

Même un vampire ne saurait survivre à un pareil plongeon. Rendez-vous au 13.

Sentier — Lieu 3

Vous atteignez un embranchement conduisant d'un côté vers le nord-nord-est, de l'autre vers le sud-est.

La branche nord-nord-est vous mènera au 40, la branche sud-est au 46, alors qu'en revenant sur vos pas, vous vous retrouvez au 18.

Galerie (partie est) — Lieu 21

De vieux daguerréotypes, représentant des scènes de bataille et des abattoirs, s'alignent sur le mur sud, au-dessus d'une collection de portraits de vos plus délectables victimes, dont la plus ancienne est la délicieuse Esmeralda Fairchild, en 1662. Le mur nord est percé de deux portes, fermées toutes les deux, dont l'une est surmontée d'une chauve-souris empaillée ; à l'est, la galerie aboutit à une troisième porte, également fermée.

*La porte à la chauve-souris empaillée vous conduira au **61**. L'autre porte du mur nord mène au **65**, et pour savoir où donne la porte est, il faut vous rendre au **73**.*

28

Pavillon de Dracula — Lieu proche

Le sentier débouche brusquement dans une clairière, au centre de laquelle s'élève la construction la plus incongrue qu'il vous ait été donné de contempler : les volumes tourmentés de ce petit bâtiment en pierre sont censés représenter les bourgeonnements d'une excroissance fongiforme. Les fenêtres de cette monstruosité sont tellement crasseuses qu'elles sont pratiquement opaques, mais l'unique porte de chêne est suffisamment entrebâillée pour vous permettre d'apercevoir une lueur rougeoyante à l'intérieur du pavillon.

*La question est de savoir si vous allez pénétrer dans ce bâtiment. Vous pouvez le faire en vous rendant au **42**, mais vous pouvez aussi, bien entendu, revenir sur vos pas jusqu'à la bifurcation du **20**, ou même rejoindre l'allée du Château en vous rendant au **8**.*

29

Galerie (partie est) — Lieu 21

De vieux daguerréotypes, représentant des scènes de bataille et des abattoirs, s'alignent sur le mur sud, au-dessus d'une collection de portraits de vos plus délectables victimes, dont la plus ancienne est la délicieuse Esmeralda Fairchild, en 1662. Le mur nord est percé de deux portes, fermées toutes les deux, dont l'une est surmontée d'une chauve-souris empaillée, à l'est, la galerie aboutit à une troisième porte, également fermée.

*La porte à la chauve-souris empaillée vous conduira au **61**. L'autre porte du mur nord mène au **65**, et pour savoir où donne la porte est, il faut vous rendre au **73**.*

30

Cour d'honneur — Lieu 10

Une svelte silhouette vêtue de blanc sort du passage voûté et s'avance dans votre direction. Lorsqu'elle est suffisamment près, vous constatez qu'il s'agit d'une belle jeune femme. Son visage est ravissant, ses formes gracieuses, mais sa robe étrangement démodée.

Vous hésitez. Vous soupçonnez le comte Dracula de ne pas être le seul vampire à résider dans ce château démoniaque. Cette femme en serait-elle un, elle aussi ? Cependant, il émane de son visage juvénile une telle innocence, une telle bonté que, au fond de vous-même, vous n'arrivez pas à croire qu'elle puisse être autre chose que la pureté incarnée. Elle ne vous a pas vu, mais il suffirait de vous avancer d'un pas pour vous trouver sur son chemin.

*Si vous décidez de faire ce pas, rendez-vous au **44**. Si vous préférez rester caché jusqu'à ce qu'elle soit passée, rendez-vous au **48**.*

31

Fumoir — Lieu 26

Une fouille approfondie révèle que, si le revolver fonctionne, il n'y a pas de munitions à y mettre. Le pistolet à pierre, en revanche, dispose de suffisamment de poudre et de balles pour tirer cinq coups, mais il est si long à charger qu'on ne peut l'utiliser qu'une seule fois au cours d'un combat. Néanmoins, si cette unique balle atteint son but, la blessure infligée entraîne une perte supplémentaire de 20 points. L'emploi d'une dague ou d'un poignard augmente de 5 points l'effet des blessures causées à l'adversaire, mais réduit à 0 votre score d'HABILETÉ. La lance, purement décorative, est inutilisable. Quant à la masse d'armes, elle inflige de redoutables blessures représentant une pénalité supplémentaire de 10 points, mais elle réduit à 0 vos scores de RAPIDITÉ et d'HABILETÉ. Dans tous les combats où vous ferez usage d'une arme, vous ne pourrez pas boire le sang de votre adversaire, quel que soit le chiffre donné par les dés.

Maintenant, faites votre choix, puis rendez-vous au **37**.

32

Sentier — Lieu 3

Le sentier bifurque vers le nord-est et l'est.

La branche nord-est vous conduira au **50**, *la branche est au* **58**.

33

Vestibule — Lieu 19

Il y a de la boue au sud de la pièce, devant la porte d'entrée, ce qui prouve que quelqu'un a pénétré dans le Château pendant que vous dormiez dans votre cercueil d'ébène. Vous vous accroupissez pour examiner la boue de plus près : elle est encore humide ; c'est la confirmation que l'intrus a franchi cette porte tout récemment. Van Helsing, sans l'ombre d'un doute. Mais où est-il passé ? Dans quel recoin de votre forteresse se cache-t-il ? Vous vous relevez et vous avancez vers la haute porte cloutée, bien décidé à en avoir le cœur net. Oui ou non, y a-t-il une voiture ou tout autre moyen de transport dans la cour d'honneur ? Mais, au moment d'ouvrir la porte, l'extrême sensibilité de votre instinct vampirique retient votre main. Cette porte dissimule un danger ! En l'examinant, vous constatez, en effet, qu'un fil relie le panneau au chambranle : inoffensif en lui-même, ce fil pourrait fort bien être le signe de quelque piège diabolique, tendu par l'abominable van Helsing.

Toute la question est de savoir si vous êtes disposé à courir le risque de déclencher ce piège pour pouvoir sortir du Château. Si vous décidez de tenter votre chance, rendez-vous au 63. Sinon, vous pouvez regagner la galerie en vous rendant au 11 et choisir une autre direction.

34

Campanile en ruine — Lieu 6

Pénétrer dans cette ruine n'est peut-être pas une très bonne idée.

Vous pouvez néanmoins le faire, si vous y tenez, en vous rendant au 52. Sinon vous avez le choix entre revenir sur vos pas (rendez-vous au 20) ou suivre ce petit sentier forestier vers le sud (rendez-vous au 60.)

35

Salle à Manger — Lieu 27

Aussitôt la porte franchie, vous constatez que vous n'êtes pas seul. Trois des plus hideuses créatures que

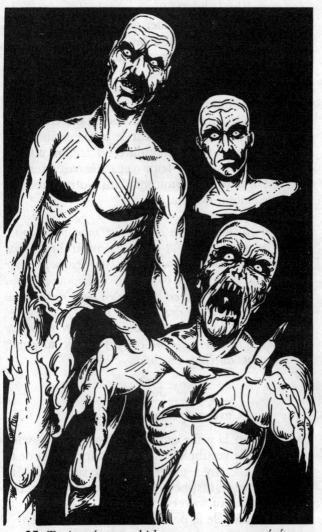

35 *Trois créatures hideuses, aux crocs acérés, s'avancent dans votre direction avec une lenteur déterminée.*

vous ayez jamais rencontrées sont assises autour de la table, en train d'arracher des lambeaux de chair sanguinolente à ce qui pourrait être la carcasse d'un porc anormalement long... ou autre chose d'infiniment plus macabre.

A votre entrée, les créatures lèvent les yeux. Ce sont des monstres humanoïdes aux crocs acérés, maigres au point d'être décharnés et d'une pâleur cadavérique. Ils n'ont pas un poil sur le corps et sont nus comme des vers, à l'exception d'un haillon autour des reins. Ils sourient, leurs yeux délavés fixés sur vous, se lèvent et s'avancent dans votre direction avec une lenteur déterminée.

*On dirait que les ennuis s'annoncent, mon cher comte. Passer immédiatement et vigoureusement à l'attaque vous assurera automatiquement le bénéfice du premier assaut (rendez-vous au **67**), mais vous pouvez aussi battre précipitamment en retraite en vous rendant au **15** et choisir une autre destination. Il vous reste également la possibilité de ne pas bouger en attendant de savoir ce que vous veulent ces joyeux personnages (rendez-vous au **75**).*

36

Caveau de famille — Lieu 8

Vous poussez la grille qui s'ouvre en grinçant, vous entrez dans le vestibule et vous vous approchez de la porte de bois. Il y a un gros trou de serrure à côté de la poignée et, instinctivement, vous vous penchez pour regarder au travers.

De l'autre côté de la porte, un œil vous observe...

On peut, évidemment, envisager la possibilité qu'un miroir ait été adapté à la face intérieure du trou de

*serrure, mais cela ne paraît quand même pas très
plausible. Vous pouvez essayer d'ouvrir la porte (rendez-vous au 54), vous esquiver discrètement (rendez-vous au 24) ou prendre vos jambes à votre cou et détaler ventre à terre en direction du nord (rendez-vous au
30).*

37

Fumoir — Lieu 26

*La porte du mur ouest conduit au 69, celle du mur sud
au 77 et celle du mur est au 71.*

38

Cour d'honneur — Lieu 10

Effectivement, cette créature n'était pas un vrai cheval. Sa sombre dépouille n'est plus qu'un magma
agité de convulsions qui se liquéfie rapidement et
s'écoule entre les pavés. En le regardant disparaître
dans le sol, votre attention est attirée par un éclat
métallique. Vous vous penchez pour voir d'où il provient et vous découvrez une clef cuivrée, dont le panneton brillant est serti dans une tige de bois poli.
Vous glissez cette clef dans votre poche et vous jetez
un regard circulaire en vous demandant de quel côté
vous allez diriger vos pas.

*La réponse à cette question va vous contraindre à
choisir entre les possibilités suivantes : vous pouvez, si
vous en avez encore le courage, prendre la direction du
nord et de la porte du Château (rendez-vous au 56),
descendre les marches de l'est (rendez-vous au 62),
visiter les bâtiments situés à l'ouest (rendez-vous au
68) ou emprunter le passage voûté du nord-ouest
(rendez-vous au 74).*

Galerie (partie ouest) — Lieu 20

En fin de compte, franchir cette porte se révèle moins aisé qu'il n'y paraissait. Elle n'est certainement pas fermée à clef mais quelqu'un (van Helsing !) semble l'avoir solidement coincée.

Lancez un dé pour tester votre FORCE. *Si le chiffre que vous obtenez est égal ou inférieur à votre total de* FORCE, *la porte s'ouvrira et vous pourrez entrer (rendez-vous au* **17**). *Dans le cas contraire, il ne vous restera plus qu'à retourner au* **11** *pour faire un autre choix.*

40

Sentier — Lieu 3

Le sentier bifurque vers le nord et le sud.

La branche nord vous conduira au **60**, *la branche sud au* **64**.

41

Chenils — Lieu 17

L'odeur qui émane des lieux ne permet aucune erreur : ce sont bien des loups qui vivent ici et ils vous sautent à la gorge en grondant !

Lancez un dé pour savoir combien de loups en liberté hantent les chenils. Chacun d'eux possède 25 POINTS DE VIE *et les caractéristiques suivantes :* RAPIDITÉ 5 ; COURAGE 5 ; FORCE 4 ; HABILETÉ 5 ; PSI 0. *Si la meute vous tue, rendez-vous au* **13**. *Si vous vous en tirez, vous pouvez quitter la cour par l'une des deux portes indiquées au* **19**.

Cabinet des figures de cire — Lieu 5

Vous avancez timidement d'un pas.

Yaaaaaaaah !

La créature qui se rue sur vous est une vieille femme, très en colère et armée d'une hache. Ses yeux sont égarés comme ceux des maniaques homicides internés dans les asiles de fous furieux.

Vous pourriez essayer de la raisonner mais, dans ce cas, autant vous rendre directement au **14**. *Si vous préférez combattre, les caractéristiques de la femme à la hache sont les suivantes :* POINTS DE VIE 30 *;* RAPIDITÉ 3 *;* COURAGE 5 *;* FORCE 3 *;* HABILETÉ 2 *;* PSI 0. *De plus, sa hache vous fait perdre 10* POINTS DE VIE *supplémentaires à chaque blessure qu'elle vous inflige. Si vous êtes tué, rendez-vous au* **14**. *Sinon, rendez-vous au* **66**.

Salle de musique — Lieu 24

Au moment où vous vous appuyez sur le piano pour compenser la déperdition d'énergie qui accompagne toujours l'emploi du PSI, le rat parvient à se libérer des cordes, vous fait une révérence et vous adresse télépathiquement cette proposition : « *Excellence, il serait contraire à ma nature de combattre pour votre compte, mais, si vous le désirez, je vous prouverai ma loyauté d'une autre manière.* » Vous acquiescez d'un bref hochement de tête et vous avez la surprise de voir le rat sauter hors du piano, trottiner jusqu'à un trou de la plinthe et disparaître. Vous en concluez aussitôt qu'il vous a berné, mais il ne tarde pas à réapparaître, une petite émeraude non taillée entre les dents.

— Je n'ai que faire d'une pierre précieuse ! bougonnez-vous. Je suis le comte Dracula, et les intérêts composés de ma fortune s'accumulent depuis des siècles.

« *Le comte Dracula lui-même pourrait avoir l'usage de cette pierre, Excellence,* réplique télépathiquement le rat. *C'est un joyau maudit. Entre vos mains démoniaques, il augmentera de 1 point tous les chiffres que vous obtiendrez désormais avec les dés, tout en diminuant de 1 point ceux obtenus par vos adversaires. Et, comme il a été maudit par le pape Borgia en personne, vous pouvez être assuré que son envoûtement est suffisamment actif pour agir à trois reprises !* »

— C'est un cadeau de valeur ! vous exclamez-vous en prenant la pierre et en relâchant le rat, qui se hâte de déguerpir avant que vous ne changiez d'avis et ne décidiez de le manger quand même.

*Ce qui signifie que rien ne vous retient plus dans la salle de musique que vous pouvez quitter soit par la porte nord (rendez-vous au **7**), soit par la porte sud (rendez-vous au **11**).*

Cour d'honneur — Lieu 10

Vous avancez d'un pas, et la délicate créature vêtue de blanc vous regarde avec de grands yeux effarouchés.

— Ne craignez rien, lui dites-vous. Je ne vous veux pas de mal.

Un petit sourire apparaît sur ses lèvres, et vous avez aussitôt l'impression qu'elle vous observe d'un œil gourmand. Saisi d'un brusque soupçon, vous regardez ses mains, à la recherche d'un indice révélateur :

44 *La délicate créature vêtue de blanc vous regarde avec de grands yeux effarouchés.*

la disproportion des doigts qui est le signe distinctif des vampires. Mais ses mains sont aussi jolies et aussi bien proportionnées que son visage.

— Qui êtes-vous ? chuchote-t-elle. Et que faites-vous dans cet affreux château ?

— Je m'appelle Jonathan Harker et j'arrive de Londres, répondez-vous. Quant à la mission qui m'amène ici, c'est de trouver et d'anéantir définitivement l'abominable démon qu'est le comte Dracula !

— Vous voulez tuer *papa* ? suffoque-t-elle.

Et elle se jette sur vous.

En cette occasion, cher Harker, il se pourrait que vous ayez gaffé. Hélas, ce qui est fait est fait. La dame ne possède que 25 POINTS DE VIE, *et ses caractéristiques sont les suivantes :* RAPIDITÉ 4 ; COURAGE 5 ; FORCE 2 ; HABILETÉ 3 ; PSI 2. *Sa seule faculté* PSI, *dont elle fera usage chaque fois qu'elle obtiendra 5 ou 6 au cours du combat, jusqu'à épuisement de ses points de* PSI, *est un Rayon réfrigérant qui, lorsqu'il vous atteindra, vous fera instantanément perdre, par simple contact, la moitié de vos* POINTS DE VIE. *Si la fille de Dracula vous tue, rendez-vous au* **14**. *Si vous survivez, rendez-vous au* **70**.

45

Cuisine — Lieu 29

Un petit bruit s'élève de l'un des buffets fermés. Vous êtes immédiatement sur vos gardes car ce bruit s'accompagne de l'odeur à nulle autre pareille d'une apparition surnaturelle. Van Helsing aurait-il invoqué quelque nouvelle entité céleste pour vous agresser ? La réponse, selon toute apparence, est cachée dans ce buffet...

... que vous pouvez, à votre gré, fouiller (rendez-vous au 79) ou feindre d'ignorer en sortant de la cuisine par la porte nord (rendez-vous au 19) ou par l'escalier (rendez-vous au 81).

46

Sentier — Lieu 3

Le sentier bifurque vers le nord-est et vers le sud-est.

La branche nord-est vous conduira au 64, la branche sud-est au 72. Si vous revenez sur vos pas, vous aboutirez au 26.

47

Couloir supérieur — Lieu 33

Si vous êtes en possession d'une clef numérotée ouvrant l'une de ces mystérieuses chambres, rendez-vous au 83. Sinon vous pouvez toujours visiter le chemin de ronde (rendez-vous au 85) ou retourner au 11 pour prendre une autre direction.

48

Cour d'honneur — Lieu 10

Courageusement, vous vous accroupissez derrière un buisson et regardez la délicate créature vêtue de blanc passer silencieusement devant vous puis entrer dans le cimetière familial. Tout compte fait, c'est peut-être là qu'elle sera le mieux, puisque, au passage, vous avez pu vous rendre compte qu'elle est translucide ! Dans quel monstrueux cauchemar vous êtes-vous donc égaré ? Quel est cet endroit maudit où l'on ne peut rencontrer une jolie femme, sans qu'elle soit morte ?

*Mais assez philosophé. Vous pouvez, si vous en avez encore le courage, prendre la direction du nord et de la porte du Château (rendez-vous au **56**), descendre les marches de l'est (rendez-vous au **62**), visiter les bâtiments situés à l'ouest (rendez-vous au **68**) ou emprunter le passage voûté du nord-ouest (rendez-vous au **74**).*

49

Salle de musique — Lieu 24

Etes-vous *vraiment* sûr d'avoir envie de manger un rat vivant ?

*Si c'est le cas, pourléchez-vous les babines en vous rendant au **87**. Si vous préférez le déguster cuit — sous forme de soufflé, par exemple —, vous trouverez une excellente recette au **89**. Mais vous pouvez aussi cesser de jouer les vampires aux nerfs d'acier et dépenser un peu d'énergie PSI pour tenter d'asservir le rat (rendez-vous au **43**).*

50

Sentier — Lieu 3

Une bifurcation mène droit vers l'est, tandis que le sentier continue vers le nord-est.

*La branche nord-est vous conduira au **76**, la branche est au **78**. Et vous avez toujours la possibilité, bien entendu, de revenir sur vos pas jusqu'au **32**.*

51

Tunnel — Lieu impossible à déterminer

Comme c'est intéressant ! La porte ouvre sur un étroit boyau, une espèce de tunnel mal éclairé, dégageant une forte odeur de moisissure. Autrement dit, exactement le genre d'endroit où vous vous plaisez. Votre cape ondulant derrière vous, vos yeux injectés de sang luisant d'un éclat rougeâtre dans la pénombre et vos lèvres retroussées sur les redoutables canines qui ont fait passer de vie à trépas tant d'innocentes victimes, vous vous enfoncez avec volupté dans les profondeurs du tunnel. Comme vous le faites souvent en pareil lieu, vous pressez le pas et vous avancez bientôt tellement vite que vous avez failli ne pas voir le morceau de papier cloué dans une fissure de la muraille. Comme la plupart des créatures essentiellement nocturnes, vous êtes nyctalope, ce qui vous permet de voir que le texte figurant sur le papier est codé, alors que la signature est écrite en clair. Le message est signé *Dracula*, et, sans discussion possible, cette vigoureuse et sinistre écriture est la vôtre. Mais dans quel but auriez-vous laissé un message à cet endroit ? Adressé à qui ? Et pourquoi en code ?

Le message se présente comme ceci :

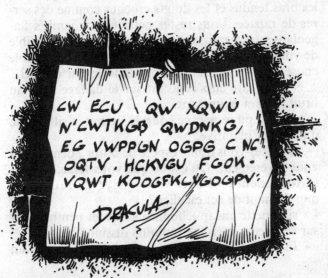

*Si vous voulez toujours suivre le tunnel, rendez-vous au **91**. Sinon revenez sur vos pas jusqu'au **19** et faites un autre choix.*

52

Intérieur du campanile — Lieu 7

Au moment où vous faites demi-tour pour repartir, un petit bruit au-dessus de votre tête vous arrête. Vous levez les yeux et vous apercevez dans la pénombre, au sommet de l'escalier croulant, une sombre silhouette vêtue d'une longue robe. Un capuchon dissimule le visage de la créature qui s'apprête à sauter.

— Halte ! criez-vous en doutant quelque peu de l'efficacité de cette exclamation.

Comme il fallait s'y attendre, elle n'a aucun effet. La silhouette plonge vers vous en décrivant une gracieuse parabole, la robe flottante, un hurlement féroce jaillissant des profondeurs de son capuchon, les bras tendus et les doigts crochus comme des serres de rapace. Vous restez pétrifié. Vos jambes flageolantes vous refusant tout service, il est impossible de vous écarter de la trajectoire de cette abominable chose qui tombe sur vous comme le feu du ciel...

... et vous rate en s'écrasant sur le dallage avec un bruit mou et répugnant.

— Jamais pu réussir ce coup-là ! gémit la silhouette d'une voix plaintive.

— Qui êtes-vous donc, espèce de butor ? demandez-vous sévèrement. Qu'est-ce que vous faites là ? Et, surtout, pourquoi avez-vous essayé de sauter sur moi du haut de cet escalier ?

La silhouette encapuchonnée se remet péniblement sur ses pieds, le visage toujours dissimulé.

— Je m'appelle Grigori. Je suis russe et je suis un

moine mendiant, actuellement hébergé par le noble comte Dracula.

— Si vous êtes l'hôte de Dracula, pourquoi vous cachez-vous dans ce campanile en ruine ? interrogez-vous d'un ton soupçonneux.

— Voilà une question que vous ne poseriez pas si vous connaissiez le comte aussi bien que moi. Quand on habite le Château, on a besoin d'une transfusion tous les matins. Un homme charmant, ce comte, mais un peu trop obsédé pour mon goût. *(Il époussette sa robe.)* Je vous demande pardon d'avoir essayé de vous sauter dessus. Je suis un peu myope et je vous avoue que je vous avais pris pour le comte.

— Je n'ai rien de commun avec ce personnage ! vous exclamez-vous. Je me propose au contraire de faire disparaître cet ignoble individu de la surface du globe.

— Vous plairait-il que je vous accompagne ? propose l'excentrique moine russe.

*Eh bien, qu'en dites-vous ? Manifestement, il a un arachnide sur la solive, comme avait coutume de dire sa Gracieuse Majesté la Reine Victoria, mais il a peut-être aussi ses bons côtés. D'autre part, il se pourrait également qu'il se révèle tout à fait gênant, voire franchement dangereux. Si vous souhaitez que Grigori vous accompagne, rendez-vous au **82**. Sinon vous pouvez retourner à l'embranchement du **20**, ou même refaire tout le chemin jusqu'au **8**.*

53

Salon — Lieu 25

Votre œil d'aigle se rend immédiatement compte que quelque chose ne va pas mais, pendant un instant, vous ne parvenez pas à saisir de quoi il s'agit. Et puis la vérité se fait jour : on a déplacé un livre dans l'une des bibliothèques ! Oh, il n'a pas beaucoup bougé, quelques millimètres tout au plus, mais il n'en faut pas davantage. D'un bond, d'un seul, vous êtes devant la bibliothèque. Vif comme l'éclair, vous sortez le livre en remarquant au passage qu'il s'agit de *la Quête du Graal : l'Antre des Dragons*, probablement un manuel de biologie traitant des reptiles, à en juger par l'illustration de la couverture. Derrière le volume était tapie une redoutable araignée qui passe immédiatement à l'attaque.

Redoutable et venimeuse, grosse comme le poing, couverte de poils, cette araignée possède 20 POINTS DE VIE *et les caractéristiques suivantes :* RAPIDITÉ 5 ; COURAGE 3 ; FORCE 1 ; HABILETÉ 2 ; PSI 3. *Sa faculté* PSI *réside dans son dard empoisonné dont elle fera automatiquement usage chaque fois qu'elle obtiendra 10, 11 ou 12 avec les dés et qui vous fera perdre alors la moitié de vos* POINTS DE VIE. *Si ce petit monstre velu vous tue, rendez-vous au* **13**. *Si vous survivez, vous pourrez réduire son cadavre en bouillie en vous rendant au* **93**.

54

Intérieur du caveau — Lieu 9

L'être préposé à la garde de l'escalier est modeste par la taille mais colossal par la monstruosité. Moitié homme, moitié chauve-souris, il est parfaitement terrifiant et doté d'un faciès qui évoque irrésistiblement les gargouilles moyenâgeuses ou les démons de l'Enfer.

Si vous décidez de descendre cet escalier, il vous faudra combattre cette réplique de Batman, l'homme-chauve-souris (rendez-vous alors au **84***). Mais après*

54 *L'être préposé à la garde de l'escalier est un monstre mi-homme, mi-chauve-souris.*

tout, cette créature n'est qu'un gardien, pas un fou furieux, et il vous est encore possible de ressortir sans encombre du caveau puis de quitter le cimetière soit par le nord (rendez-vous au **30**), soit par l'est (rendez-vous au **24**).

55

Cuisine — Lieu 29

Vous vous interrogez pour savoir si vous allez retourner d'où vous venez ou sortir de la cuisine par la porte nord lorsque la porte de l'un des énormes fourneaux s'entrouvre en grinçant. Les sourcils froncés, vous vous demandez si la dernière dinde qu'on a introduite dans ce four est allée jusqu'au bout de sa cuisson. Mais la bave verdâtre qui suinte lentement de l'ouverture et tombe goutte à goutte sur le dallage de pierre en formant une flaque de plus en plus large ne ressemble en rien à une dinde.
Une cuisinière particulièrement sotte et morte depuis longtemps aurait-elle essayé de faire rôtir un fromage blanc ? Ou s'agit-il de quelque piège mortel tendu par l'abominable van Hesling ? D'ailleurs, faut-il vraiment vous attarder dans cette cuisine assez longtemps pour savoir à quoi vous en tenir ?

*Si vous estimez que c'est inutile, vous pouvez partir tout de suite par la porte nord (rendez-vous au **19**) ou par l'escalier (rendez-vous au **81**). Mais si vous tenez à connaître la nature de cette bave, rendez-vous au **95**.*

56

Porte d'entrée du Château — Lieu 18

Vous essayez d'ouvrir la porte, mais elle est hermétiquement close, fermée à double tour et sans doute munie d'un solide verrou soigneusement tiré de l'autre côté du panneau. Dans un instant d'égarement, vous tentez de l'enfoncer d'un coup d'épaule, mais elle ne bouge pas d'un millimètre.

Apparemment, ce n'est pas par là que vous entrerez. Retournez donc dans la cour d'honneur (Lieu 10) *où vous pourrez, à votre choix, visiter les bâtiments situés à l'ouest (rendez-vous au* **68**)*, emprunter le passage voûté du nord-ouest (rendez-vous au* **74**) *ou descendre les marches à l'est (rendez-vous au* **62**).*

57

Galerie (partie ouest) — Lieu 20

Et vous voyez avec horreur l'armure qui a toujours décoré la niche voisine de la porte se mettre en marche avec un cliquetis de ferraille, manifestement animée par les pouvoirs occultes de van Helsing. (Vous n'envisagez pas que quelqu'un puisse se cacher à l'intérieur de l'armure, à moins d'être complètement myope, on voit en effet fort bien qu'il n'y a que du vide derrière la visière du casque.) Ce qui est beaucoup plus inquiétant, en revanche, c'est que ce monstre métallique est armé d'une lance à manche de bois, l'une des rares armes capables, si elle est plantée au bon endroit, de vous tuer sur le coup.

Le Golem cuirassé de van Helsing possède l'équivalent occulte de 35 POINTS DE VIE *et ses caractéristiques suivantes :* RAPIDITÉ 2 *;* COURAGE 6 *;* FORCE 5 *;* HABILETÉ 1 *;* PSI 0. *Sa lance inflige des blessures qui vous coûtent une perte de 5 points supplémentaires ; de plus, elle vous tuera sur le coup si jamais les dés vous donnent 12. Si ce combat vous est fatal, rendez-vous au* **13**. *Sinon, rendez-vous au* **97**.

Sentier — Lieu 3

Damnation ! Le sentier finit en cul-de-sac !

Vous n'avez plus qu'à revenir au 32.

Vestiaire — Lieu 28

Vous avez déjà fait demi-tour pour repartir lorsqu'une idée vous vient à l'esprit. Rapidement, vous examinez ces manteaux humides, nauséabonds, et, comme il fallait s'y attendre, l'un d'eux (encore plus humide et malodorant que les autres) porte, brodées sur le col, les initiales A.V.H. : Abraham van Helsing ! S'il vous fallait une preuve que votre ennemi juré s'est introduit dans votre château, la voici ! Et le fait qu'il ait cyniquement accroché son pardessus dans ce vestiaire, où vous deviez fatalement le trouver, montre qu'il est persuadé de pouvoir vous détruire.

Une fois parvenu à cette déplaisante conclusion, vous avez intérêt à vous extraire au plus vite de ce débarras qui n'a de vestiaire que le nom et à vous mettre en chasse pour retrouver l'intrus ! Retournez donc au paragraphe que vous venez de quitter et essayez l'escalier.

Sentier — Lieu 3

Le sentier semble s'élargir et, bien que rien ne permette de l'affirmer, il se pourrait que vous approchiez d'une clairière.

Pour en avoir confirmation, rendez-vous au 34.

Cabinet de toilette de Dracula — Lieu 22

Voici un endroit utile à connaître, au cas où vous éprouveriez un besoin pressant.

*Mais il est peu probable que vous souhaitiez pour l'instant faire usage de ces commodités, il ne vous reste donc plus qu'à lire les graffiti tracés sur les murs (rendez-vous au **99**) ou à retourner au **27** pour faire un autre choix.*

62

Jardin en contrebas — Lieu 12

Bien qu'il semble peu probable que vous trouviez ici quelque chose d'intéressant, vous vous avancez pour jeter un rapide coup d'œil... et vous commencez à vous enfoncer !

*Des sables mouvants, à n'en pas douter ! Et sûrement l'un des nombreux pièges machiavéliques conçus par le comte pour défendre son domaine. Lancez un dé pour mesurer votre FORCE puis relancez-le pour mesurer votre HABILETÉ. Si, dans l'un et l'autre cas, le chiffre que vous obtenez est inférieur à votre total de FORCE d'une part, d'HABILETÉ d'autre part, rendez-vous au **86**. Si les deux chiffres sont supérieurs, rendez-vous au **14**. Si l'un est inférieur et l'autre supérieur, recommencez l'opération jusqu'à obtenir une réponse nette.*

63

Vestibule — Lieu 19

Craaaaaac-zzzzing !
C'était un piège à pieu ! La ruse la plus diabolique

que van Helsing pouvait concevoir ! Un puissant mécanisme d'arbalète, astucieusement agencé de manière à se déclencher lorsqu'on ouvre la porte, vous a décoché en pleine poitrine un pieu de bois acéré, qui a transpercé os et muscles pour se ficher dans votre cœur (qui, bien qu'il ne batte pas, reste néanmoins un organe important).

Vous hurlez en étreignant le pieu de vos mains puissantes dans le vain espoir de l'arracher, mais vous savez qu'il est déjà trop tard car la vieille sensation bien connue a commencé à vous envahir : votre visage se dessèche et se craquelle ; votre corps se tasse et se ratatine dans vos vêtements ; vos membres se décomposent et redeviennent poussière. Vous comprenez alors qu'il ne restera bientôt plus de vous que votre grosse chevalière armoriée, lorsqu'un souffle de vent, entré par la porte ouverte, aura dispersé les pitoyables vestiges de ce qui fut le fameux comte Dracula.

*Ce qui est une façon détournée de vous suggérer de vous rendre au **13**.*

64

Sentier — Lieu 3

Le sentier tourne et en rejoint un autre.

*Celui que vous trouverez au **40**, pour être plus précis.*

65

Débarras — Lieu 23

Vous vous arrêtez, envahi par une soudaine nostalgie car il arrive parfois aux vampires eux-mêmes de se laisser gagner par une sotte sentimentalité. En souriant tristement, vous ouvrez un coffre plein de

têtes ratatinées, trophées d'une époque moins trou-
blée. Là, derrière une pile de caisses démantibulées,
repose le corps momifié de la princesse Rula, la première jeune fille que vous ayez aimée, et qui n'avait
que seize ans quand vous lui avez tranché la gorge.
Ah, les souvenirs !

*Vous pouvez, si vous le désirez, poursuivre ce voyage
sentimental en vous rendant au **101**. Sinon, il vaut
mieux retourner au **27** pour faire un autre choix.*

66

Cabinet des figures de cire — Lieu 5

Lorsque vous vous penchez pour examiner le cadavre, il perd sa perruque ; vous découvrez alors que
votre adversaire n'était pas du tout une vieille
femme ; c'est en fait un homme relativement jeune,
aux yeux égarés, qui avait apparemment la manie de
se déguiser en cousine germaine du Petit Chaperon
Rouge, sans doute esprit perturbé que les
monstrueux périls de cet abominable endroit ont dû
achever de détraquer.

Vous vous accroupissez pour ramasser la hache
ensanglantée, en comptant l'ajouter à votre arsenal
mais, hélas ! le fer en est fêlé et hors d'usage, après
avoir heurté un objet dur, qui pouvait bien être votre
tête. Une consolation cependant : sous cette arme
terrifiante scintille une brillante clef d'argent dotée
d'un anneau de bois soigneusement poli ; votre
agresseur la tenait probablement dans sa main
décharnée et l'a laissé tomber dans sa chute.

*Empochez la clef et décidez si vous allez poursuivre la
visite de cet endroit macabre (rendez-vous au **88**),
retourner jusqu'à l'embranchement (rendez-vous au
20) ou jusqu'à l'allée du Château (rendez-vous au **8**).*

Salle à manger — Lieu 27

Poussant le cri strident dont la férocité a, depuis des siècles, terrorisé tous les ennemis du comte Dracula, vous bondissez, cape au vent, pour planter vos crocs acérés dans les jugulaires palpitantes de ces déplaisantes créatures.

Déplaisantes ou pas, elles devraient être assez faciles à égorger, chacune d'elles ne possédant que 15 POINTS DE VIE *et les caractéristiques suivantes :* RAPIDITÉ 3 *;* COURAGE 3 *;* FORCE 3 *;* HABILETÉ 3 *;* PSI 0. *Pas de difficulté donc si ce n'est, peut-être, le fait que le groupe sanguin de ces larves nécrophages est tellement différent du vôtre que si vous obtenez 6 ou 12 en lançant les dés pour votre propre compte, c'est vous qui périrez d'un empoissonnement du sang. Si cet affrontement vous est fatal, rendez-vous au* **13**. *Si vous survivez, rendez-vous au* **103**.

Cour d'Honneur — Lieu 10

En vous approchant des bâtiments, vous constatez qu'ils n'ont pas de fenêtres. Ils forment un L inversé, fermant l'angle ouest de la cour. Il n'y a qu'une seule porte dans le mur ouest du L, sur le panneau de laquelle est peint l'avertissement suivant :

VOICI LE DERNIER ENDROIT
DANS LEQUEL ON SOUHAITERAIT
PÉNÉTRER

Au-dessous, quelqu'un a griffonné au crayon : « *Et le dernier dans lequel beaucoup ont pénétré.* »
La porte est légèrement entrebâillée, et, lorsque vous vous en approchez, vos narines sont agressées par

l'odeur de la mort, mêlée à d'autres effluves plus acides (et, si la chose est possible, encore plus déplaisants). De l'intérieur proviennent des bruits assourdis et, très distinct, un mélodieux fredonnement.

*La porte étant ouverte, rien ne vous empêche d'entrer en vous rendant au **90**, si ce n'est, peut-être, votre bon sens. Mais vous pouvez choisir une autre destination. Rendez-vous pour cela au **38**.*

69

Salle à Manger — Lieu 27

En regardant les carafes de cristal, vous constatez que l'une d'elles est remplie de sang du même groupe que le vôtre ; si vous souhaitez boire ce sang, lancez les dés deux fois de suite : le total des chiffres obtenus représente le nombre de POINTS DE VIE que vous aurez alors gagnés. Vous pouvez boire dès maintenant ou emporter la carafe pour la vider plus tard. Vous contemplez affectueusement les portraits de famille suspendus aux murs : beaucoup de morts et quelques morts vivants qui, tous, d'une manière ou d'une autre, évoquent de bons souvenirs. Puis vos yeux tombent sur le tableau accroché à côté de la porte nord, et vous restez médusé : la silhouette familière de grand-papa Igor a fait place à une effigie en pied d'Abraham van Helsing !

*Quel culot ! Vous pouvez décrocher le portrait de ce malotru en vous rendant au **105** ou le traiter par le mépris et quitter la salle à manger soit par la porte nord-est (rendez-vous au **15**), soit par la porte est (rendez-vous au **37**), soit par la porte sud (rendez-vous au **107**) ou par la porte nord-ouest (rendez-vous au **129**).*

Cour d'Honneur — Lieu 10

Par tous les démons de l'Enfer, elle se relève ! Alors qu'elle était bel et bien morte, la voici à nouveau debout devant vous, ingénue, plus jolie que jamais et infiniment redoutable.

Mais, quand même, pas tout à fait aussi dangereuse que la première fois ! Sa faculté PSI, *par exemple, est épuisée, et elle est ressuscitée (un truc qu'elle a dû apprendre de son père) avec seulement 15* POINTS DE VIE. *Si, cette fois, c'est elle qui vous tue, rendez-vous au* **14**. *Si vous la tuez à nouveau, rendez-vous au* **80**, *au risque de découvrir qu'elle est capable de revenir à la vie une deuxième fois.*

Salon — Lieu 25

L'odeur vous frappe immédiatement : une pestilence suffocante, nauséabonde, qui vous prend à la gorge et vous fait reculer en chancelant, hoquetant et terrifié. De l'extrait d'ail concentré ! Quelqu'un (van Helsing !) en a pulvérisé dans toute la pièce.
Vous titubez toujours lorsque l'attaque se déclenche.

Le nouvelles ne sont pas bonnes, monsieur le Comte ! Votre agresseur, en effet, est l'un des assistants de van Helsing, un jeune gandin satisfait doté de 25 POINTS DE VIE *et des caractéristiques suivantes :* RAPIDITÉ 4 ; COURAGE 3 ; FORCE 3 ; HABILETÉ 2 ; PSI 0. *Il est armé (sur les conseils de van Hesling, évidemment) d'un pieu acéré, qui inflige 5 points de pénalité supplémentaires à chaque blessure et vous tuera sur le coup si les dés lui donnent un 12. Le plus grave, c'est que*

70 *Alors qu'elle était bel et bien morte, la voici à nouveau devant vous !*

l'extrait d'ail vous a singulièrement affaibli et, tant que vous resterez dans cette pièce, toutes vos caractéristiques seront réduites de moitié ; en outre, vous tomberez dans un coma mortel si le nombre de vos POINTS DE VIE *descend au-dessous de 15. Si ce combat vous est fatal, rendez-vous au* **13**. *Si vous survivez, rendez-vous au* **109**.

72

Sentier — Lieu 3

Celui-ci ne vous conduira nulle part : c'est un cul-de-sac.

Ce qui ne vous laisse d'autre solution que de revenir sur vos pas en vous rendant au **46**.

73

Jardin clos — Lieu 31

Vous vous retrouvez à l'air libre et dans une situation peu enviable. Car sitôt la porte franchie, vous avez été assailli par une nuée de moustiques : un des risques du métier pour les vampires bien nourris.

Lancez deux dés pour savoir combien de POINTS DE VIE *les moustiques vous auront fait perdre avant que le venin naturel de votre sang ne les extermine aussi efficacement que du D.D.T. Si vous ne survivez pas, rendez-vous au* **13**. *Sinon, vous irez au* **15**.

74

Cour des écuries — Lieu 11

Vous pouvez maintenant partir vers le sud (rendez-vous au **30**), *à l'est (rendez-vous au* **92**) *ou, si ces écu-*

ries vides vous intéressent, les visiter (rendez-vous au **94**).

Salle à Manger — Lieu 27

— Maître ! s'exclame avec ravissement l'une des larves nécrophages, qui bondit sur ses pieds crasseux et tombe à genoux pour se prosterner aux vôtres avec une abjecte servilité.

Vous écartez la créature du bout de l'orteil, assez satisfait au fond de cette obséquiosité, pendant que les autres larves abandonnent leur répugnant festin et claudiquent vers vous avec force courbettes.

— Qu'attendez-vous de nous, Maître ? s'écrient-elles. Quel immonde service pouvons-nous vous rendre ?

Un signalé service, en vérité. Chacune de ces 3 horreurs possède 15 POINTS DE VIE *et les caractéristiques suivantes :* RAPIDITÉ 3 ; COURAGE 3 ; FORCE 3 ; HABILETÉ 3 ; PSI 0. *Elles vous suivront comme votre ombre et combattront pour votre compte jusqu'à ce qu'elles se fassent tuer. Si elles survivent suffisamment longtemps pour cela, elles pourront rester à votre service pendant les trois prochains combats que vous aurez à livrer. Au terme de ce troisième affrontement, elles devront obligatoirement vous quitter, même si une ou plusieurs d'entre elles sont encore vivantes. Prenez à présent la tête de ce trio de sympathiques lurons et sortez d'ici en vous rendant au* **103**.

Sentier — Lieu 3

Le sentier mène vers le nord-est puis rejoint un autre chemin.

*Vous trouverez ce nouveau sentier au **46**, à moins que vous ne préfériez revenir sur vos pas en vous rendant au **50**.*

77

Galerie (partie ouest) — Lieu 20

Un bossu borgne, affligé d'un pied bot, d'une paire d'oreilles en chou-fleur et d'un nez cassé, descend en clopinant l'escalier situé à votre droite. En vous apercevant, il sourit puis, avec une aisance aussi athlétique que déconcertante, franchit les dernières marches d'un seul bond pour atterrir à vos pieds, accroupi en position de combat.
Cette créature serait-elle l'abominable van Helsing ?

*Si c'est le cas, vous avez intérêt à l'attaquer immédiatement en vous rendant au **111**. Si, à votre avis, ce n'est pas lui, mais que vous préfériez frapper d'abord et poser des questions ensuite, rendez-vous également au **111**. En revanche, si vous pensez que cet être disgracieux pourrait être un allié, rendez-vous au **121** en vous grattant la tête et en essayant de vous rappeler pourquoi son visage vous paraît si familier.*

78

Sentier — Lieu 3

En proférant entre vos dents un juron tellement épouvantable que les lois en vigueur nous interdisent de le publier (sauf codé comme suit : TBQFSM-JQPQFUUF !), vous constatez que ce sentier est un cul-de-sac.

*Ce qui veut dire qu'il ne vous reste plus qu'à revenir sur vos pas en retournant au **50**.*

Cuisine — Lieu 29

Courageusement, vous ouvrez le buffet.
Et vous poussez un hurlement d'horreur !

Ce qui n'a rien de surprenant car vous êtes agressé par une tête d'ail ensorcelée ! Ce bulbe magique possède 18 POINTS DE VIE *(un par gousse) et les caractéristiques suivantes :* RAPIDITÉ 2 ; COURAGE 3 ; FORCE 6 ; HABILETÉ 1 ; PSI 0. *Si vous survivez, rendez-vous au* **113**. *Sinon, rendez-vous au* **13**.

Cour d'Honneur — Lieu 10

Cette fois, l'adorable créature reste morte, et, dominant la répugnance instinctive que vous inspire une telle profanation, vous fouillez le cadavre ; la moindre découverte peut, en effet, se révéler précieuse dans cet endroit maudit. Justement, vos recherches produisent un résultat intéressant : un petit flacon de cristal, bouché à l'émeri, sur lequel est gravée l'inscription suivante :

SELS VOLATILS MEDICINAUX
du Dr Lestropier
(Hyperactifs)
Pour ranimer rapidement débiles et alanguis,
débouchez le flacon sous le nez.
(Brevets en cours)

On dirait que vous venez de trouver un remède supplémentaire, cher Harker. Chaque fois que vous respirerez ces sels, vous récupérerez autant de POINTS DE VIE *que le chiffre obtenu en lançant deux dés ; le flacon est suffisamment rempli pour que vous puissiez faire usage de ces sels à quatre reprises. Maintenant, vous pouvez prendre la direction du nord et de la porte du Château (rendez-vous au* **56**), *ou descendre les marches de l'est (rendez-vous au* **62**), *ou visiter les bâtiments situés à l'ouest (rendez-vous au* **68**) *ou encore emprunter le passage voûté du nord-ouest (rendez-vous au* **74**).

81

Galerie (partie ouest) — Lieu 20

Vous montez les marches quatre à quatre, votre cape battant l'air comme les ailes d'une gigantesque chauve-souris, et, tout à coup, vous vous arrêtez pile, l'oreille tendue, tous les sens en alerte : un danger vous guette.

Votre intuition se matérialise aussitôt sous la forme de l'énorme molosse spécialement dressé par van Helsing pour la chasse au vampire. Ce monstre surgit des ténèbres et bondit sur vous, les yeux féroces, ses crocs enduits d'ail cherchant votre gorge.

Ce fauve possède 45 POINTS DE VIE *et les caractéristiques suivantes :* RAPIDITÉ 4 ; COURAGE 5 ; FORCE 5 ; HABILITÉ 4 ; PSI 0. *L'ail qui imprègne ses crocs vous infligera 5 points de pénalité supplémentaires chaque fois qu'il parviendra à vous mordre, et si ce maudit roquet obtient 12 aux dés, vous resterez inconscient pendant toute la durée d'un assaut, ce qui lui permettra de vous attaquer sans que vous puissiez riposter. Si le chien parvient à ses fins et vous égorge, rendez-vous au* **13**. *Si vous survivez, rendez-vous au* **23**.

82

Intérieur du Campanile — Lieu 7

Là, cher Jonathan, la chance vous sourit. Cet original est en réalité Grigori Raspoutine, un mystique guéris-

81 *Un énorme molosse, spécialement dressé pour la chasse au vampire, bondit sur vous.*

seur qui vous fera automatiquement récupérer autant
de POINTS DE VIE que le chiffre obtenu en lançant deux
dés après chacun des combats que vous livrerez désormais et ce, jusqu'à la fin de votre aventure ou jusqu'à ce
que vous vous fassiez tuer. En revanche, Raspoutine ne
prendra part à aucun combat et ne vous aidera d'aucune
autre manière. Maintenant, vous pouvez retourner à
l'embranchement (rendez-vous au **20**) ou rejoindre
l'allée du Château (rendez-vous au **8**.)

83

Couloir supérieur — Lieu 33

*Bien entendu, vous ne pouvez entrer que dans la ou les
chambres dont vous possédez la clef. Les clefs numé-
rotées ouvrent les portes situées aux paragraphes suivants :*

Clef nº	Paragraphe	Clef nº	Paragraphe
1	**115**	7	**141**
2	**119**	8	**145**
3	**123**	9	**149**
4	**127**	10	**153**
5	**131**	11	**157**
6	**137**	12	**161**

*Le fait de posséder une clef ne vous oblige nullement
à l'utiliser. Vous êtes libre, si vous préférez, de visiter
le chemin de ronde (rendez-vous au **85**) ou de redescendre au rez-de-chaussée (rendez-vous au **11**).*

84

Intérieur du Caveau — Lieu 9

Vous vous jetez hardiment sur la hideuse créature, la
garde haute à la manière de John L. Sullivan, le célèbre pugiliste aux poings nus.

Ce qui ne vous sera pas d'une grande utilité contre un adversaire doté de 50 POINTS DE VIE et des caractéristiques suivantes : RAPIDITÉ 4 ; COURAGE 5 ; FORCE 5 ; HABILITÉ 3 ; PSI 0. Batman est capable de voler un peu, ses ailes n'étant pas purement décoratives, et cela le rend terriblement difficile à atteindre : pour le toucher, vous devrez faire 8 ou plus avec les dés. L'homme chauve-souris, en revanche, n'aura besoin que de 6 points pour vous infliger une blessure, et chaque fois qu'il obtiendra un double 6, son venin vous fera perdre la moitié de votre total actuel de POINTS DE VIE. S'il vous tue, rendez-vous au 14. Si vous survivez, vous pouvez descendre la courte volée de marches, qui vous amènera au 96.

85

Chemin de Ronde — Lieu 34

Un petit étui en cuir, probablement perdu par quelque garde mort depuis belle lurette, est à demi enfoui sous les gravats qui jonchent le sol.

Dans cet étui vous trouverez, si vous montez ici pour la première fois, une clef munie d'une étiquette portant le numéro 1 : comme tout ce que contient ce château, elle vous appartient de plein droit. Vous pouvez maintenant redescendre l'escalier jusqu'au 83, à moins que vous ne préfériez essayer quelque chose de plus palpitant. Vous possédez, entre autres talents, l'art de ramper la tête en bas, à la manière des lézards, le long de certains murs extérieurs. Pour faire usage de ce don, lancez deux dés. Si vous obtenez moins de 5, un plongeon mortel vous conduira directement au 13. Si vous faites 5 ou plus, vous descendrez le mur en rampant jusqu'au 117.

Jardin en contrebas — Lieu 12

Haletant, vous parvenez à vous hisser sur la terre ferme en vous cramponnant à quelque branche empoignée au moment où vous vous enfonciez. Lorsque vous avez repris votre souffle, vous nettoyez la boue qui vous enveloppe et vous découvrez... une clef d'or magnifiquement ciselée !

*Ce qui constitue peut-être une petite compensation au fait d'avoir failli mourir. En quittant le jardin en contrebas, vous pouvez soit vous diriger vers le nord et le Château (rendez-vous au **56**), soit visiter les bâtiments situés à l'ouest (rendez-vous au **68**), soit emprunter le passage voûté du nord-ouest (rendez-vous au **74**).*

87

Salle de musique — Lieu 24

Craaac !
Vous avez failli vous casser les dents en les plantant dans un objet dur, métallique, que le rat avait dû avaler il y a peu. Vous extirpez prudemment la chose de votre bouche, vous l'essuyez (pas très appétissant n'est-ce pas ?) et vous découvrez alors qu'il s'agit d'une clef, munie d'une étiquette portant le numéro 12.

*Achevez votre repas, puis choisissez si vous préférez quitter la pièce par la porte nord (rendez-vous au **7**) ou par la porte sud (rendez-vous au **11**).*

88

Cabaret des figures de cire — Lieu 5

La visite de cet étrange endroit vous cause une nette sensation de malaise. Vous avez l'impression que ces mannequins macabres se mettent à bouger dès que vous cessez de les regarder en face, et les yeux des figures de cire vous suivent dans tous vos déplacements. Si la diabolique alchimie de Dracula a animé ces répugnants personnages et qu'ils vous attaquent, vous n'avez pas l'ombre d'une chance d'en sortir vivant.

*Dans ces conditions, est-il bien raisonnable de continuer à musarder ici, au risque d'y laisser votre peau ? Si vous restez, rendez-vous au **98**. Si vous partez, vous pouvez revenir sur vos pas jusqu'à l'embranchement (rendez-vous au **20**) ou rejoindre l'allée du Château (rendez-vous au **8**.)*

89

Salle de musique — Lieu 24

Recette
SOUFFLÉ DE RAT À LA DRACULA

Ingrédients
1 rat
4 œufs
1/2 livre de fromage râpé
1/2 litre de lait

Préparation
Hacher menu le rat et le fromage, écraser les œufs (avec leurs coquilles), mélanger, puis ajouter le lait. Battre énergiquement le tout. Cuire à four doux ou chaud jusqu'à ce que le soufflé gonfle. Faire goûter par un parent éloigné pour s'assurer que le rat n'était pas empoisonné. Si le parent survit, servir chaud.

Lorsque votre soufflé de rat est prêt, vous pouvez le

*déguster — de préférence en canapé, sur une fine tran-
che de pain grillé — en vous rendant au **87**.*

90

Chambre froide — Lieu 15

— Ah, voilà de la visite !

Cette exclamation, allégrement lancée d'une voix
claironnante, émane d'un petit bonhomme tout
rond, portant gibus, habit à queue et tablier vert, qui
se tient sur le seuil de la deuxième pièce. Il sourit.

— M. Harker, si je ne me trompe ?

— Vous êtes mieux renseigné que moi, monsieur !
vous écriez-vous.

— N'est-ce pas ? Je m'appelle Quimporte... Samuel
Quimporte. Mais je suis plus connu sous le nom de
Joyeux Croque-Mort. Voulez-vous entrer ? Je m'ap-
prêtais justement à boire un verre avec quelques
amis et, si vous voulez vous joindre à nous, vous
serez le bienvenu.

*Si vous avez envie de tenir compagnie à Samuel Quim-
porte, le Joyeux Croque-Mort, rendez-vous au **100**.
Sinon rien ne vous empêche d'essayer de vous esquiver
discrètement en gagnant le **106**.*

91

Tunnel — Lieu impossible à déterminer

Le tunnel est soudain barré par une porte de bois
massive, verrouillée de l'intérieur. Maîtrisant diffi-
cilement votre excitation, vous tirez le verrou, vous
ouvrez la porte toute grande et franchissez le seuil.

— Aaaaaaaaaaaaaaah !

Plaf !

*C'est le bruit déplaisant produit par votre chute dans
un précipice... qui vous mène droit au **13**.*

Verger — Lieu 14

Il y a du bruit dans l'un des arbres. Vous n'en tenez pas compte, préférant visiter le verger, fouiner un peu partout, examiner les...
Encore ce bruit !
... broussailles et les troncs noueux des vieux arbres fruitiers tout tordus.
— Yihi !
Le bruit, strident et inquiétant, vous attire comme un aimant. L'endroit d'où il provient ne fait aucun doute mais, lorsque vous vous approchez de l'arbre en question, rien dans les parages n'indique d'où il émane. Vous vous haussez sur la pointe des pieds, vous tendez les bras pour empoigner la branche du pommier...
Et vous êtes agressé par une pomme vampire !

Et pas par n'importe quelle pomme vampire ! Par une Granny Smith vampire, la plus dangereuse de toutes ! Dieu merci, elle ne possède que 15 POINTS DE VIE et ses caractéristiques sont modestes : RAPIDITÉ 1 ; COURAGE 2 ; FORCE 2 ; HABILETÉ 1 ; PSI 0. Mais si, au cours du combat, vous obtenez 6, 9 ou 12 avec les dés, cela voudra dire que vous avez mordu la pomme et absorbé une dose mortelle de son poison. Si cela se produit, ou si la pomme vous tue d'une autre manière, rendez-vous au 14. Si vous survivez, rendez-vous au 102.

Salon — Lieu 25

Après avoir écrabouillé le cadavre de l'araignée, vous jetez un coup d'œil dans l'espace vide laissé par le volume manquant, vous découvrez que l'insecte était préposé à la garde d'une clef dont l'étiquette porte le numéro 11.

*La porte ouest vous conduira au **37**. Celle menant à la salle de musique est maintenant coincée, ce qui n'est probablement pas un mal.*

94

Chenils — Lieu 17

L'odeur qui émane de ces lieux ne permet aucune erreur : ce sont bien des loups qui vivent ici et il vous sautent à la gorge en grondant !

*Lancez un dé pour savoir combien de loups en liberté hantent les écuries. Chacun d'eux possède 25 POINTS DE VIE et les caractéristiques suivantes : RAPIDITÉ 5 ; COURAGE 5 ; FORCE 4 ; HABILETÉ 5 ; PSI 0. Si les loups vous tuent, rendez-vous au **14**. Si vous survivez, vous pouvez quitter la cour soit par le sud (rendez-vous au **30**), soit par l'est (rendez-vous au **92**).*

95

Cuisine — Lieu 29

Eh bien, cher Comte, il y a une bonne et une mauvaise nouvelle à vous annoncer. Commençons par la bonne : cette bave a, sur le métabolisme vampirique, une action très particulière qui va augmenter toutes vos caractéristiques jusqu'au total maximum de 6 et ce, pour les trois prochains combats que vous aurez à livrer. La mauvaise nouvelle, c'est que cette même bave a déjà rongé une partie de votre pied droit, ce qui vous fait perdre 15 POINTS DE VIE. Si vous en mourez,

94 *L'odeur ne trompe pas : ce sont bien des loups qui vivent dans ce chenil.*

rendez-vous au **13**. *Si vous survivez, vous pouvez partir à cloche-pied par la porte nord (rendez-vous au* **19***) ou par l'escalier (rendez-vous au* **81***).*

96

Intérieur du Caveau — Lieu 9

Vous descendez les marches avec circonspection et vous approchez des cercueils. Ils sont tous les trois en acajou soigneusement verni, mais leurs garnitures diffèrent : celles du premier sont en cuivre, celles du deuxième en laiton et celles du troisième en étain.

Vous pouvez ouvrir le premier cercueil (rendez-vous au **104***), le deuxième (rendez-vous au* **108***) ou le troisième (rendez-vous au* **112***). Mais comme, au fond, vous n'avez aucune raison impérative d'ouvrir l'un quelconque de ces cercueils, vous êtes libre de prendre la poudre d'escampette et de quitter le cimetière soit par le nord (rendez-vous au* **30***), soit par l'est (rendez-vous au* **24***).*

97

Galerie (partie ouest) — Lieu 20

Là, au milieu du petit tas de ferraille qui était encore, il y a un instant, l'armure animée de van Helsing, repose une clef dont l'étiquette porte le numéro 10.

Si vous partez vers l'ouest, rendez-vous au **23** *; vers l'est, rendez-vous au* **27** *; par l'étroite baie conduisant à la salle de musique, rendez-vous au* **21** *; par la porte à deux battants du sud, rendez-vous au* **33** *; par la porte nord, rendez-vous au* **39** *; par l'escalier, rendez-vous au* **47***.*

Cabinet des figures de cire — Lieu 5

La fortune sourit apparemment aux audacieux car, dans la bouche d'un bossu unijambiste décapité par une guillotine extrêmement réaliste, vous découvrez une gousse d'ail !

Qui vous sera sûrement très utile lorsque vous vous trouverez nez à crocs avec le monstrueux comte Dracula. Entre-temps, il serait quand même plus prudent de quitter cet endroit avant que les choses ne se gâtent. Vous pouvez retourner jusqu'à la bifurcation en vous rendant au 20, ou même regagner l'allée du Château (rendez-vous au 8).

Cabinet de toilette de Dracula — Lieu 22

Certains graffiti sont parfaitement lisibles :

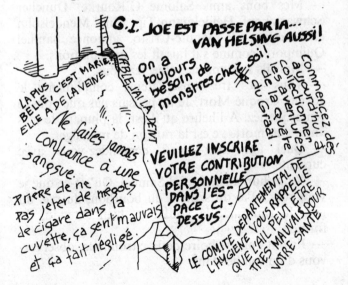

Pas spécialement édifiant, mais les inscriptions mura-
les des lieux d'aisance sont rarement d'une boulever-
sante profondeur. Maintenant que votre curiosité est
satisfaite, mieux vaut retourner au **27** *et prendre une*
autre porte.

100

Morgue familiale — Lieu 16

La pièce est garnie de quelques chaises pliantes du
même modèle que celles utilisées habituellement
dans les garden-parties et autres réunions du même
ordre. Sur chacune de ces chaises est assis le cadavre
d'un vieillard.

Tous les morts sont vêtus comme pour une partie de
plaisir, avec un chapeau de papier planté de guingois
sur leur crâne desséché, et on a coincé entre leurs
doigts raides un verre de ce qui paraît être de la
citronnade.

— Mes bons amis Salome O'Rourke, Duncher
Schwartzkopf, Heidelmann Tip, Mimi Mendelsohn
et le comte de Monte-Cristo, annonce Samuel
Quimporte comme s'il faisait les présentations.

— Mais ils sont morts ! objectez-vous.

— Vous êtes très observateur, complimente le
Joyeux Croque-Mort. Je ne pensais pas que vous le
remarqueriez. A l'heure qu'il est, la plupart de mes
amis sont morts : c'est la rançon de mon âge.

— Quel âge avez-vous ? demandez-vous avec
curiosité.

— Vingt-huit ans, répond Samuel. Qu'est-ce que je
vous sers ? J'ai du scotch, du bourbon, du rye, du
gin, du rhum, de la vodka et, bien entendu, du
formol.

— Ils ont l'air de boire de la citronnade, observez-
vous d'un ton hésitant.

— Oui, évidemment. Vous ne voudriez quand même pas que je gaspille de bons alcools pour des cadavres ? L'amitié a des limites...

Il prend un gobelet sur une table, y verse une généreuse ration d'un liquide incolore et le vide d'un trait.

— Bon sang, soupire-t-il, j'en avais besoin ! Et maintenant, M. Harker... ou Jonathan, si je puis me permettre...

Vous hochez affirmativement la tête.

— Merci. Vous pouvez m'appeler Joyeux. Ou M. Croque-Mort, si vous préférez. Ou Sam. Qu'importe ? Ou alors Quimporte. Qu'est-ce que je disais ?

— Je ne sais pas, répondez-vous en toute honnêteté.

— Ah oui, ça me revient. Vous cherchez Dracula, bien entendu.

Nouveau hochement de tête, hésitant.

— Oui.

— Il se pourrait que je sois à même de vous aider à le trouver. (Sans guide, il est parfois très difficile de mettre la main dessus.) Mais, tout d'abord, j'insiste pour que vous vous associiez à notre parti.

— Eh bien, du moment que vous insistez, bredouillez-vous, peut-être qu'un doigt de citronnade... dans un grand verre de gin...

Mais le Joyeux Croque-Mort agite les mains en souriant.

— Non, non, je ne parlais pas d'une partie de plaisir, mon cher monsieur, mais d'un parti politique, celui que nous formons, mes amis et moi.

— Mais ils sont morts !

— Comme ils siègent au Conseil des anciens, personne ne le remarque. Je reconnais néanmoins que nous avons besoin de sang neuf. C'est pourquoi je vous invite à subir le test.

— Le test ? répétez-vous avec méfiance.

Etes-vous vraiment disposé à subir Dieu sait quel test stupide, conçu par cet idiot à demi-fou, pour devenir membre d'un parti politique essentiellement composé de cadavres ? Si oui — les goûts et les couleurs...—, rendez-vous au **110**. *Dans le cas contraire, vous avez toujours la possibilité de vous esquiver discrètement en vous rendant au* **106**.

101

Débarras — Lieu 23

Une bonne partie de votre existence passée est enfermée dans ce capharnaüm : souvenirs de sanglantes orgies printanières... réminiscences de boucheries estivales... évocations de milliers de gorges palpitantes... Vous êtes en train de fouiller parmi les rebuts entassés dans une vieille malle, en souriant avec complaisance aux images qu'ils font surgir dans votre esprit, lorsqu'un léger mouvement, tout au fond, attire soudain votre attention. Une souris ? Ou un rat, peut-être ? Vous soulevez un affreux grimoire à reliure de cuir, intitulé *la Magie noire à la portée de tous*, et...

— Aaaaaaaaaaaaaah !

Vous reculez en titubant, à demi suffoqué : une main momifiée, tranchée au poignet, a jailli de la malle et vous a saisi à la gorge !

Ce charme-là, vous vous en souvenez parfaitement : c'est la Main du Diable, une création démoniaque de votre arrière-grand-mère, l'un des sortilèges les plus dangereux qui aient jamais sévi à la surface du globe !

Ce petit monstre est animé d'une pseudo-vie très particulière : 44 POINTS DE VIE *et un total de 6 pour toutes les caractéristiques, à l'exception du* PSI *pour*

101 *Une main momifiée, tranchée au poignet, a jailli de la malle et vous a saisi à la gorge !*

lequel il ne possède aucun point. En dehors des blessures communes à tous les affrontements, la Main vous étranglera sans rémission si elle obtient 3, 6, 9 ou 12 avec les dés. En revanche, il est rigoureusement impossible de la tuer (votre bisaïeule connaissait son affaire) ; vous en viendrez néanmoins à bout si vous parvenez à réduire son total de POINTS DE VIE à 15 ou moins. Si la Main du Diable vous tue, rendez-vous au 13. Si vous parvenez à la neutraliser, la situation évoluera d'une façon très intéressante lorsque vous vous serez rendu au 125.

102

Verger — Lieu 14

Essoufflé par les efforts que vous venez de fournir, vous vous appuyez contre un arbre et vous remarquez aussitôt que quelqu'un a gravé un message sur son tronc. Voici ce message :

TRAQUEZ LE MONSTRE DANS SA TANIÈRE. PASSEZ PAR LE LIT DU DERNIER SOMMEIL, MAIS ÉVITEZ-LES TOUS, SAUF CELUI OÙ BRILLE LE LAITON. MUNISSEZ-VOUS D'AIL ET D'UN PIEU EN BOIS DE POMMIER. MÉFIEZ-VOUS DE LA JOLIE FEMME. COUVREZ-VOUS CHAUDEMENT ET SOYEZ PRUDENT.

Un message vraiment prévenant, sinon très clair. Manifestement gravé dans l'écorce de cet arbre par quelque visiteur antérieur.

*Quel que soit le sens du reste, le passage concernant le pieu en bois de pommier paraît assez explicite. Si vous désirez façonner ce pieu sans plus attendre, rendez-vous au **114**. Sinon, vous pouvez quitter le verger par le portail nord (rendez-vous au **120**) ou par le portail ouest (rendez-vous au **74**).*

103

Salle à Manger — Lieu 27

*Vous pouvez maintenant quitter la salle à manger par l'une des quatre portes : celle située à l'ouest du mur nord vous conduira au **129**, celle située à l'est du même mur au **15**, celle du sud au **133** et celle de l'est au **37**.*

104

Intérieur du Caveau — Lieu 9

Vous hésitez — pas plus d'une minute — avant de soulever le couvercle du cercueil aux poignées de cuivre. Il grince comme une vieille porte, manque de se coincer, puis se rabat soudain bruyamment.

Alors, avec un hurlement de fureur, une main ornée de lourdes bagues en jaillit et vous saisit à la gorge ! L'être auquel elle appartient est très certainement un vampire, mais, à moins que vos yeux ne vous jouent un tour, ce n'est pas le comte vampire en personne. C'est un jeune homme d'une vingtaine d'années tout au plus, plutôt fluet et pâle comme la mort.

— Soyez le bienvenu ! grince-t-il. Je commençais à avoir faim !

Cet être possède 50 POINTS DE VIE *et les caractéristiques suivantes :* RAPIDITÉ 6 ; COURAGE 4 ; FORCE 5 ; HABILETÉ 4 ; PSI 3. *Il a le pouvoir de provoquer un décès immédiat s'il obtient 12 avec les dés, et il fera usage de sa faculté* PSI *chaque fois qu'il obtiendra 9 ou plus, jusqu'à épuisement de ses points de* PSI. *Cette faculté lui permet de faire perdre à son adversaire le quart des* POINTS DE VIE *dont celui-ci dispose. Si le vampire vous tue, rendez-vous au* **14**. *Si vous en sortez vivant, vous pouvez, à votre choix, ouvrir le cercueil aux garnitures de laiton (rendez-vous au* **108**) *ou celui à garnitures d'étain (rendez-vous au* **112**) *ou encore décamper au plus vite de ce caveau et quitter le cimetière soit par le nord (rendez-vous au* **30**), *soit par l'est (rendez-vous au* **24**).

105

Salle à Manger — Lieu 27

Vous arrachez avec fureur le portrait du haïssable van Helsing.
Craaaaaac-zzzzzing !
Par tous les diables de l'Enfer ! C'était un piège à pieu ! Propulsé par un ressort puissant, le bois acéré se fiche dans votre poitrine, traverse os, muscles et organes divers puis, ressort de l'autre côté de plusieurs centimètres.

Et tout cela ne vous fait aucun bien, comme vous allez vous en apercevoir en vous rendant au **13**.

106

Chambre froide — Lieu 15

— Désolé ! répondez-vous avec un sourire. Je viens de me rappeler que j'avais déjà un engagement. Excusez-moi.

106 *Le Joyeux Croque-Mort s'est transformé en Démon de l'Extermination.*

Vous saluez nonchalamment de la main en commençant à battre en retraite, mais, dès le premier pas, vous avez l'intuition que les choses ne se passeront pas si simplement.

Rien n'est simple, en effet. L'air avenant de Samuel Quimporte quitte aussitôt son visage, et une veine commence à battre sur son front.

— Ne me mettez pas en colère ! avertit-il. Vous ne me trouverez guère sympathique si je suis en colère.

— Voyons, monsieur, écoutez-moi, lancez-vous aimablement.

Mais il ne vous écoute pas. Les yeux lui sortent de la tête, ses oreilles s'allongent en pointe, les jolies petites dents blanches qu'il exhibait si complaisamment il y a un instant font place à de longs crocs jaunâtres, des griffes jaillissent de l'extrémité de ses doigts, sa peau vire au cramoisi et sa chemise se déchire, découvrant une médaille d'or. Renversant la tête en arrière, il se met à hurler comme un loup.

— Eh là, du calme ! protestez-vous.

Brutalement transformé, M. Quimporte sautille sur place en émettant des sons rauques. Ses chaussures éclatent, révélant d'énormes pattes griffues d'un vert vif. Il pousse un nouveau hurlement, cette fois de douleur, lorsque son crâne se fend en deux et qu'il en émerge un gros cerveau ambré, dont les circonvolutions sont animées de lentes pulsations.

— A mort ! psalmodie-t-il. A mort ! A mort ! A mort !

Il avait raison : vous ne le trouvez pas du tout sympathique quand il est en colère. Le Joyeux Croque-Mort s'est transformé en Démon de l'Extermination, apparemment doté de pouvoirs surhumains. En fait, il possède 60 POINTS DE VIE et les caractéristiques suivan-

tes : RAPIDITÉ 2 *;* COURAGE 6 *;* FORCE 8*(d'accord, c'est absolument impossible, mais c'est tout de même vrai) ;* HABILETÉ 3 *;* PSI 0. *Au cours de l'inéluctable affrontement qui va suivre, déduisez 3 points de chacune des blessures que vous lui infligerez car sa peau, devenue dure comme du cuir, fait maintenant office d'armure naturelle. Si ce sinistre superhéros vous tue, rendez-vous au* **14.** *Si vous survivez, vous pourrez visiter la pièce intérieure en vous rendant au* **118** *ou fuir cet asile de fous au plus vite en filant dare-dare au* **122.**

107

Galerie (partie ouest) — Lieu 20

La porte de la salle à manger se referme derrière vous... et se coince ! Tous vos efforts ne parviennent pas à l'ébranler. Pas question, donc, de revenir sur vos pas.

Ce qui ne vous laisse d'autre solution que de vous rendre au **23.**

108

Intérieur du Caveau — Lieu 9

Prudemment, vous vous approchez du cercueil aux garnitures de laiton et vous essayez de l'ouvrir. Pendant un instant, le couvercle semble être coincé, à moins (terrifiante supposition) que quelque chose ne le retienne de l'intérieur ! Mais il finit par céder, commence à bouger avec un grincement sinistre, puis, brusquement, se rabat d'un seul coup.
Zouinggggg !
Vous faites un bond en arrière, et un hurlement de terreur jaillit de vos lèvres. Une vieille sorcière a

bondi hors du cercueil en brandissant un parapluie qu'elle agite d'une façon fort alarmante.

Mais la première émotion passée, la vérité se fait jour : la vieille sorcière est morte depuis belle lurette. Ce n'est qu'un cadavre momifié, ratatiné, que quelqu'un (le comte démoniaque !) a fixé sur un ressort puissant, de manière qu'en ouvrant le cercueil il en jaillisse comme un diable de sa boîte. Le parapluie a été attaché avec du fil de fer dans sa main parcheminée pour créer l'illusion d'une arme offensive. Dépité de vous être laissé abuser, ne fût-ce qu'un instant, par une ruse aussi puérile, vous repoussez rageusement le corps de la vieille toupie et vous tirez sur l'énorme ressort... qui entraîne à sa suite le fond du cercueil !

Vous vous penchez sur la bière pour voir de quoi il retourne. Une fois le faux fond retiré, vous constatez que le cercueil servait à dissimuler une trappe secrète, sous laquelle un étroit escalier de pierre s'enfonce dans des profondeurs ténébreuses. Le seul moyen d'y accéder consiste manifestement à vous allonger de tout votre long dans le cercueil, à ramper à travers l'ouverture exiguë et à vous laisser tomber, de deux mètres de haut environ, sur la marche supérieure.

*Vous êtes libre de vous livrer ou pas à cette délicate acrobatie (qui pourrait fort bien se révéler périlleuse). Si vous souhaitez essayer, vous pouvez le faire en vous rendant au **124**. Si cela ne vous tente pas, vous pouvez ouvrir le cercueil à garnitures de cuivre (rendez-vous au **104**) ou celui à garnitures d'étain (rendez-vous au **112**). Vous avez également le droit de vous désintéresser de ces cercueils, d'abandonner le caveau et de quitter le cimetière soit par le nord (rendez-vous au **30**), soit par l'est (rendez-vous au **24**).*

Salon — Lieu 25

Haletant, épuisé, mais triomphant, vous décochez quelques bons coups de pied au cadavre, ce qui le fait rouler à travers la pièce pour votre plus grande joie de vampire, amateur de distractions perverses et macabres... mais voilà qu'une clef tombe de la poche du défunt assistant.

Prestement, vous la ramassez et vous constatez qu'elle est munie d'une étiquette portant le numéro 9. Tout aussi prestement, vous l'empochez en partant du principe que le moindre objet peut parfois se révéler utile.

Cela fait, vous pouvez quitter la pièce soit par la porte ouest (rendez-vous au 135), soit par la porte est (rendez-vous au 139).

Morgue familiale — Lieu 16

— Autrefois, notre parti faisait passer aux postulants de nombreuses épreuves, explique le Joyeux Croque-Mort. Soulever de poids, lancer de panse de brebis farcie, etc. Mais, depuis quelques années, nous — c'est-à-dire moi, puisque je suis le seul à avoir voix au chapitre, tous les autres membres étant morts — avons décidé que le seul test valable était celui qui mettait le cerveau à l'épreuve. Ainsi nous avons toujours la possibilité, au cas où vous vous révéleriez d'une intelligence quelque peu insuffisante, de vous faire une transplantation. *(Il tripote un trépan d'un air songeur.)* Alors, êtes-vous prêt à subir le test ?

— Aussi prêt que possible.

Il hoche la tête.

— Parfait ! Il s'agit d'un test de logique. Si vous trouvez la solution, vous serez admis dans notre parti. Si vous ne la trouvez pas... Imaginez, si vous le voulez bien, que vous êtes propriétaire de trois animaux de compagnie, un chien, un chat et une souris. Le chien et la souris peuvent cohabiter sans dommage, mais si vous laissez le chien et le chat en tête à tête, le chien tuera le chat, et si vous laissez seul le chat et la souris, le chat mangera la souris. Imaginez maintenant que vous vous trouviez dans la cave d'un immeuble, devant la porte d'un ascenseur dont la cabine est tout juste assez spacieuse pour vous transporter avec un seul de vos animaux familiers. Vous voulez vous rendre à l'étage supérieur de l'immeuble avec tous vos animaux, et cela sans courir de risque. Combien de voyages, à la montée ou à la descente, devrez-vous effectuer, en transportant chaque fois un seul animal, pour que vous vous retrouviez tous en sécurité au dernier étage ?

Au moment où vous ouvrez la bouche pour répondre, le Joyeux Croque-Mort lève la main.

— Un instant, dit-il. J'ai failli oublier de préciser que le chat, comme la plupart de ses congénères, est un animal hypernerveux. Il ne supportera pas que vous lui fassiez prendre l'ascenseur (pour monter ou pour descendre) plus de deux fois. Après quoi, il vous griffera l'oreille, se montrera insupportable et s'enfuira ventre à terre.

Si vous pensez que la bonne réponse est trois voyages, rendez-vous au **126**. *Si c'est quatre, rendez-vous au* **130**. *Si c'est six, rendez-vous au* **136**. *Mais si vous y perdez votre latin et que vous donniez votre langue au chat, rendez-vous au* **144**.

Galerie (partie ouest) — Lieu 20

— Vous osez défier le comte Dracula ? vous exclamez-vous. Une telle témérité a coûté la vie à de plus
nobles adversaires, et vous ne ferez pas exception !
Vous passez incontinent à l'attaque (à la profonde
stupeur de la monstrueuse créature qui se dirige vers
vous), et voilà le combat engagé, l'effet de surprise
vous faisant bénéficier du premier assaut.

*Ce qui ne vous servira d'ailleurs pas à grand-chose,
votre adversaire, Igor, étant encore plus coriace qu'il
n'en a l'air. Il ne possède pas moins de 50* POINTS DE
VIE *et les caractéristiques suivantes :* RAPIDITÉ 1 ;
COURAGE 4 ; FORCE 5 ; HABILETÉ 4 ; PSI 3. *Sa
faculté* PSI, *dont il fera usage chaque fois qu'il obtiendra 11 ou 12 avec les dés, consiste à obscurcir l'esprit
de l'adversaire au point que celui-ci (vous, en l'occurrence) est incapable de porter un coup lors des deux
assauts suivants, quel que soit le chiffre donné par les
dés ; Igor a ainsi la liberté de frapper tout à loisir. Si
vous vous faites tuer dans cet affrontement, rendez-
vous au* 13. *Si vous survivez, repoussez le cadavre du
pied et décidez si vous préférez vous diriger vers
l'ouest (rendez-vous au* 23), *vers l'est (rendez-vous
au* 27), *franchir l'étroite baie (rendez-vous au* 9), *la
porte à deux battants (rendez-vous au* 33) *ou celle du
nord (rendez-vous au* 39). *Si aucune de ces destinations ne vous enthousiasme, vous êtes entièrement
libre de monter l'escalier en vous rendant au* 47.

Intérieur du caveau — Lieu 9

Le couvercle du cercueil est solidement fermé. Tout
d'abord, vous pensez qu'il est simplement coincé,

mais votre œil d'aigle découvre vite qu'il est en réalité muni de trois serrures auxquelles on a ajouté un cadenas pour faire bonne mesure. A quel ballot viendrait-il l'idée de fermer un cercueil à clef ? Pourquoi irait-on dérober un cadavre ? Et si la raison était d'empêcher non pas qu'on y accède, mais qu'on en sorte ?... Vous repoussez cette hypothèse troublante, la considérant comme une manifestation de paranoïa indigne d'un spécialiste des sciences occultes tel que vous. Par chance, les clefs sont toutes sur les serrures correspondantes. Vous ouvrez le cadenas, vous le retirez et vous le laissez tomber.

Hi, hi, hi...

Qu'est-ce que c'était que ce bruit ? On aurait dit un rire. Pourtant, il n'y a personne dans le caveau à part vous. Peut-être était-ce un effet de votre imagination ? Vous tournez la clef de la première des trois serrures.

Hi, hi, hi...

Encore ce bruit ! Vous êtes certain d'avoir bien entendu. Cependant, un examen approfondi des lieux ne révèle pas la moindre présence. Vous tournez la clef de la deuxième des trois serrures.

Hi, hi, hi...

Si vous ne saviez pas que c'est impossible, vous seriez prêt à jurer que le bruit venait de l'*intérieur* du cercueil. Mais qui donc serait assez fou pour enfermer quelqu'un dans un cercueil ? Vous tendez la main vers la clef de la dernière des trois serrures.

Et vous hésitez.

Vous avez d'ailleurs fichtrement raison. Sincèrement, Harker, vous m'avez fait peur. J'ai craint que vous ne vous laissiez emporter par votre enthousiasme et que vous n'ouvriez cette bière sans réfléchir aux conséquences possibles. Si vous décidez de suivre votre idée *et de l'ouvrir quand même, rendez-vous au **128**. Mais vous pouvez aussi laisser prudemment ce cercueil fermé et ouvrir plutôt celui qui a des poignées de cuivre (rendez-vous au **104**) ou celui qui a des poignées de laiton (rendez-vous au **108**). Vous avez également la liberté de quitter ce caveau et de sortir du cimetière soit par le nord (rendez-vous au **30**), soit par l'est (rendez-vous au **24**).*

113

Cuisine — Lieu 29

Quelle odeur pestilentielle ! Et tenace, par surcroît ! A faire vomir tout vampire qui se respecte. Ce que, bien entendu, vous ne faites pas, car vous avez une maîtrise totale de vous-même. Au moment où vous allez fermer la porte du buffet, vous apercevez une clef, manifestement tombée de la poche de van Helsing lorsqu'il a apporté l'ail ensorcelé. L'étiquette qui y est attachée porte le numéro 8.

*Vous pouvez maintenant quitter la cuisine soit par la porte nord (rendez-vous au **19**), soit par l'escalier (rendez-vous au **81**).*

114

Verger — Lieu 14

En fouillant dans vos poches, vous trouvez un canif et vous approchez d'un arbre voisin pour y couper une branche d'une taille appropriée.
Et cette branche essaie aussitôt de vous étrangler !

Qu'elle risque fort d'y parvenir, pour peu que vous ne réagissiez pas suffisamment vite. Lancez un dé et comparez le résultat avec votre total de RAPIDITÉ. Si ce total est inférieur au chiffre donné par le dé, vous ne parviendrez pas à esquiver l'attaque : l'arbre vous étranglera et jettera votre dépouille disloquée au **14**. Si ce chiffre est égal à votre total de RAPIDITÉ, lancez à nouveau le dé. S'il est supérieur, non seulement vous éviterez d'être étranglé, mais vous couperez la branche. (Ne vous approchez pas trop près de l'arbre pendant que vous taillez la branche en pointe pour en faire un pieu.) Si vous êtes vivant, quittez le verger soit par le portail nord (rendez-vous au **120**), soit par le portail ouest (rendez-vous au **74**).

115

Couloir supérieur — Lieu 33

La clef tourne facilement, comme si la serrure avait été graissée tout récemment, et la porte pivote sans bruit sur ses gonds. Vous entrez et vous vous trouvez dans une petite chambre aux murs tendus de tapisseries portant des symboles astrologiques et au sol recouvert de peaux de mouton. Mais ce qui frappe le plus, c'est l'atmosphère de l'endroit saturé de sorcellerie et des répugnants envoûtements de van Helsing.

Du bruit !

Vous pivotez aussitôt sur vos talons en poussant entre vos crocs acérés le chuintement strident qui a toujours été le cri de guerre des vampires et vous vous trouvez en face d'un être doté d'un corps musclé de lutteur et d'une tête de bélier (avec cornes en spirale).

La créature qui se jette sur vous possède 25 POINTS DE VIE *et les caractéristiques suivantes :* RAPIDITÉ 3 ; COURAGE 5 ; FORCE 4 ; HABILETÉ 3 ; PSI 0. *Chaque fois qu'elle obtiendra plus de 8 avec les dés, ses cornes vous infligeront une blessure qui vous fera perdre*

5 points supplémentaires. Si vous en mourez, rendez-vous au **13**. *Si, au contraire, vous transformez ce phénomène de foire en viande de boucherie, vous découvrirez, caché dans sa toison, un intéressant médaillon astrologique portant le signe du Bélier, que vous pourrez vous approprier avant de gagner le* **143**.

116

Morgue familiale — Lieu 16

Cette chose est absolument répugnante, Harker. Sincèrement, la pensée que votre propre crâne contient un objet du même acabit (quoique, peut-être, avec des pulsations moins accentuées) est écœurante.
Il n'y a évidemment aucun moyen de communiquer avec un cerveau qui bat tout seul dans son coin, séparé du reste du corps...
Salut, Jonathan.
— Qui a dit cela ?
Personne n'a rien dit, Jonathan. Nous communiquons par télépathie.
— Ça, c'est la meilleure. Un cerveau télépathe ! Mais comment voulez-vous lui répondre ?
En pensant ce que vous voulez dire, tout simplement. Je vous entendrai.
— Avouez que c'est quand même un monde : dans les cas graves, comme celui-ci, vous ne trouvez jamais rien à dire.
Alors, taisez-vous, c'est moi qui parlerai. Il y a quelque chose, au-dessous de moi, qui pourrait vous être utile. Et, de toute façon, ce sera beaucoup plus confortable pour moi si vous le retirez.
— Plus confortable ? Les cerveaux n'ont pas de cellules sensorielles, jusqu'à preuve du contraire, et, par conséquent, ils ne peuvent pas...

Ne soyez donc pas si pédant. Vous voulez regarder au-dessous de moi, ou ou non ?

*Bon, eh bien, si vous êtes disposé à soulever ce cerveau visqueux, animé de palpitations molles, et à regarder dessous, rendez-vous au **134**. Sinon, vous pouvez fouiller les cadavres (rendez-vous au **132**) ou quitter les lieux, tout simplement (rendez-vous au **122**).*

117

Cour d'Honneur — Lieu 10

Vous vous redressez de toute votre taille et vous regardez autour de vous avec arrogance. Ce Château, c'est le fief de Dracula. Ici, vous êtes le Maître, et tout ce que découvrent vos yeux vous appartient. Si seulement vous n'aviez pas ces trous de mémoire...

*Ne vous tracassez pas, Comte, rien ne vous empêche de partir à la découverte. Vers le nord, vous arriverez à la porte d'entrée de votre château (rendez-vous au **151**) ; vers l'est, vous atteindrez une volée de marches descendant vers ce qui paraît être un jardin en contre-bas (rendez-vous au **155**) ; vers l'ouest, vous découvrirez les dépendances (rendez-vous au **159**), tandis que le passage voûté du nord-ouest vous conduira au **163**.*

118

Morgue familiale — Lieu 16

La pièce abrite quelques cadavres, coiffés de grotesques chapeaux en papier et assis bien droits sur des chaises, mais, à première vue, c'est à peu près tout. Mais bientôt, un léger mouvement, dans un coin, attire votre attention, et vous découvrez (avec horreur) que le Joyeux Croque-Mort a dû jeter là un cerveau humain, qui, bien que séparé du corps, est encore partiellement vivant : en tout cas, il est animé d'une lente pulsation.

Si vous désirez examiner de plus près cette macabre relique, rendez-vous au **116**. *Si vous préférez ne pas y toucher et fouiller plutôt les cadavres, rendez-vous au* **132**. *Mais vous pouvez aussi, évidemment, prendre le large en vous rendant au* **122**.

119

Couloir supérieur — Lieu 33

La clef tourne facilement comme si la serrure avait été graissée tout récemment, et la porte pivote sans bruit sur ses gonds. Vous entrez et vous vous retrouvez dans une petite chambre aux murs tendus de tapisseries ornées de symboles astrologiques et au sol recouvert de peaux de mouton. Mais ce qui frappe le plus, c'est l'atmosphère de l'endroit saturé de sorcellerie et des répugnants envoûtements de van Helsing.

Du bruit !

Vous pivotez sur vos talons en poussant entre vos crocs acérés le chuintement strident qui a toujours été le cri de guerre des vampires et vous vous trouvez en face d'un être doté d'un corps musclé de lutteur et d'une tête de taureau !

La créature qui vient à votre rencontre possède 30 POINTS DE VIE *et les caractéristiques suivantes :* RAPIDITÉ 4 ; COURAGE 5 ; FORCE 6 ; HABILETÉ 2 ; PSI 0. *Chaque fois qu'elle obtiendra plus de 8 avec les dés, ses cornes vous infligeront une blessure qui vous* fera perdre 5 points supplémentaires. Si vous en mourez, rendez-vous au **13**. Si, au contraire, vous transformez cette erreur de la nature en steak tartare, vous découvrirez, dans l'un de ses naseaux dilatés, un intéressant médaillon astrologique portant le signe du Taureau. Vous pouvez le nettoyer et vous l'approprier sans vergogne avant de gagner le **143**.

120

Verger — Lieu 10

Vous franchissez le portillon et...
Aaaaaaaaaaaah !
... vous basculez dans le vide en hurlant, pour aller vous fracasser le crâne (et tout le reste, d'ailleurs) sur les pierres qui tapissent le pied de la muraille rocheuse.

Rendez-vous au **14**.

121

Galerie (partie ouest) — Lieu 20

— Alors, Maître, à nouveau éveillé ? s'enquiert l'apparition avec un sourire servile et force courbettes (exécutées de son mieux, compte tenu de ses handicaps). Igor est persuadé que vous avez bien dormi et que vous avez déjà bu votre petit déjeuner.
Igor ! Mais bien sûr ! Votre valet fidèle — et incroyablement laid —, toujours prêt à préparer vos vêtements, à cirer vos bottes, à repasser votre jabot et à liquider sur votre ordre tout visiteur indésirable. Quelle joie de retrouver ce bon vieil Igor !
— Suis-moi, Igor ! ordonnez-vous.
— A vos ordres, Maître ! répond-il joyeusement.

Igor est un allié des plus précieux en ces temps trou-

119 *Vous vous retrouvez en face d'un être doté d'un corps musclé de lutteur et d'une tête de taureau.*

blés, alors que van Helsing hante certainement votre Château. Il (Igor, pas van Helsing) possède 50 POINTS DE VIE *et les caractéristiques suivantes :* RAPIDITÉ 1 ; COURAGE 4 ; FORCE 5 ; HABILETÉ 4 ; PSI 3. *Sa faculté* PSI, *dont il fera usage chaque fois qu'il obtiendra 11 ou 12, ou lorsque vous le lui ordonnerez, réside dans une aptitude à troubler l'esprit de son adversaire au point que celui-ci ne pourra pas l'atteindre lors des deux prochains assauts du combat, quel que soit le chiffre donné par les dés ; ce qui permettra à Igor — et à vous-même — de frapper sans que votre ennemi puisse riposter immédiatement. Maintenant que vous l'avez retrouvé, Igor vous suivra comme votre ombre et combattra pour votre compte jusqu'à ce qu'il se fasse tuer. Autre détail intéressant : il détient une clef, portant le numéro 7, qu'il vous confiera avant que vous ne vous mettiez en route. Ce qui nous amène à une question brûlante : quelle direction allez-vous prendre ? Vous avez le choix entre l'ouest (rendez-vous au* **23**), *l'est (rendez-vous au* **27**), *la baie étroite (rendez-vous au* **9**), *la porte à deux battants du sud (rendez-vous au* **33**), *la porte du nord (rendez-vous au* **39**) *et l'escalier (rendez-vous au* **47**).

122

Cour d'Honneur — Lieu 10

Quelle aventure démentiellement insensée, comme aurait dit Sa Gracieuse Majesté la Reine Victoria. En tout cas, voilà un endroit où vous ne remettrez pas les pieds de sitôt !

Ce qui vous laisse donc le choix entre vous diriger maintenant vers le nord et le Château (rendez-vous au **56**), *descendre les marches à l'est (rendez-vous au* **62**), *emprunter le passage voûté du nord-ouest (ren-*

dez-vous au **74**) ou même revenir sur vos pas jusqu'à l'allée carrossable et choisir une nouvelle destination (rendez-vous au **8**).

123

Couloir supérieur — Lieu 33

La clef tourne facilement, comme si la serrure avait été graissée tout récemment, et la porte pivote sans bruit sur ses gonds. Vous entrez et vous vous retrouvez dans une petite chambre aux murs tendus de tapisseries ornées de symboles astrologiques et au sol recouvert de peaux de mouton. Mais ce qui frappe le plus, c'est l'atmosphère du lieu saturé de sorcellerie et des répugnants envoûtements de van Helsing.

Du bruit !

Vous pivotez aussitôt sur vos talons en poussant entre vos crocs acérés le chuintement strident qui a toujours été le cri de guerre des vampires ; vous vous trouvez devant deux femmes rigoureusement identiques, trop légèrement vêtues pour être tout à fait décentes, qui tiennent chacune un de ces miroirs à main dont les dames se servent habituellement pour se pomponner.

Il serait peut-être bon que vous réfléchissiez aux inconvénients que présentent ces miroirs. Les dames n'essaieront évidemment pas de vous combattre de la manière habituelle, et vous n'avez à redouter aucune blessure ordinaire au cours du combat qui va suivre. En revanche, chacune d'elles, si elle obtient 6, 9 ou 12 avec les dés, s'arrangera pour disposer son miroir de telle façon que vous ne pourrez pas éviter d'y contempler votre visage, ce qui, pour un mort vivant tel que vous, est une cause d'anéantissement immédiat. Les dames possèdent chacune 20 POINTS DE VIE, *et leurs caractéristiques sont les suivantes :* RAPIDITÉ 3 ; COURAGE 3 ; FORCE 2 ; HABILETÉ 2 ; PSI 0. *Si vous êtes tué, rendez-vous au* **13**. *Si, au contraire, vous parvenez à donner le baiser de la mort à ces deux beautés, vous découvrirez que l'une d'elles porte un intéressant médaillon astrologique sur lequel est gravé le signe des Gémeaux ; vous aurez alors tout intérêt à l'arracher au cou du cadavre avant de gagner le* **143**.

124

Passage secret — Lieu secret

Prudemment, vous vous glissez dans l'ouverture et vous vous laissez tomber dans le vide. Vous atterrissez sur la première marche et vous reprenez votre équilibre avec une souplesse féline avant de dévaler prestement l'escalier ; vous vous retrouvez alors dans le genre de souterrain étroit et tortueux habituellement infesté de fantômes, de goules, de démons, de monstres, de vamp... Vous vous ressaisissez non sans mal et vous vous mettez en marche avec circonspection, jusqu'au moment où le couloir se divise brusquement en deux branches, se dirigeant l'une vers la droite, l'autre vers la gauche...

... vous laissant confronté à l'éternelle difficulté du choix : la branche de gauche conduit au **138**, *celle de droite au* **146**.

125

Débarras — Lieu 23

La main fait un bond en arrière et bat en retraite avec la célérité d'une monstrueuse araignée.
« Je capitule ! » griffonne-t-elle dans la poussière avec un doigt.

Vous la contemplez avec stupeur. Le doigt reprend ses travaux d'écriture.

« Cessez de me taper dessus en exhibant vos grandes dents, espèce de gros asticot ! En contrepartie, je vous rendrai un signalé service. Au cours de trois combats que vous choisirez vous-même, je me crisperai sur le cou de votre adversaire, ce qui non seulement lui fera perdre la moitié de ses POINTS DE VIE, mais encore l'occupera suffisamment pour que vous puissiez le frapper à deux reprises sans craindre de riposte. Qu'est-ce que vous en dites, mon mignonnet ? »

Certaines de ses expressions sont un peu surprenantes, probablement parce qu'elles reflètent la façon dont on parlait au temps de votre arrière-grand-mère, mais la proposition est claire et fort avantageuse.

— D'accord, répondez-vous avec magnanimité en lui marchant un peu sur les doigts pour qu'elle n'oublie pas qui commande. J'accepte votre offre.

Et vous glissez la Main du Diable dans votre poche, de façon à pouvoir l'en sortir rapidement lors du prochain combat difficile, car à ce moment-là, vous serez sûrement content qu'elle vous prête main-forte, ha ! ha !

Mais, pour l'instant, il serait préférable de sortir de ce débarras encombré de souvenirs et de regagner la galerie en vous rendant au **27**.

Morgue familiale — Lieu 16

— Faux ! glapit tristement le Joyeux Croque-Mort. Et il se rue sur vous en brandissant son trépan. (Cet instrument, soit dit en passant, est un vilebrequin automatique, servant à décalotter fort proprement les crânes.)

Ce qui vous expédie tout droit au **14**...

127

Couloir supérieur — Lieu 33

La clef tourne facilement, comme si la serrure avait été graissée tout récemment, et la porte pivote sans bruit sur ses gonds. Vous entrez et vous vous retrouvez dans une petite chambre aux murs tendus de tapisseries ornée de symboles astrologiques et au sol recouvert de peaux de mouton. Mais ce qui frappe le plus, c'est l'atmosphère du lieu saturé de sorcellerie et des répugnants envoûtements de van Helsing. Du bruit !

Vous pivotez aussitôt sur vos talons en poussant entre vos crocs acérés le chuintement strident qui a toujours été le cri de guerre des vampires et vous voyez ce qui paraît être un crabe géant s'avancer vers vous en faisant claquer ses pinces d'une manière résolument hostile.

Le crabe est doté de 35 POINTS DE VIE *et d'un caractère acariâtre. Ses caractéristiques sont les suivantes :* RAPIDITÉ 3 ; COURAGE 5 ; FORCE 4 ; HABILETÉ 2 ; PSI 0. *Si vous êtes tué, rendez-vous au* **13**. *Si vous triomphez de cet adversaire à ne pas prendre avec des pincettes, vous découvrirez, coincé dans l'une de ses pinces, un intéressant médaillon astrologique portant le signe du Cancer ; vous auriez tout intérêt à vous l'approprier avant de gagner le* **143**.

127 *Un crabe géant s'avance vers vous en faisant claquer ses pinces d'une manière résolument hostile.*

La clef tourne...

La serrure cliquette...

Le couvercle du cercueil se rabat d'un seul coup et il en jaillit un être vêtu d'une cape noire qui flotte derrière lui. Ses lèvres retroussées découvrent d'énormes dents pointues, ses yeux sont injectés de sang et il tend vers votre gorge découverte des mains crochues comme des serres de rapace.

Serait-ce le comte Dracula ? Pendant un instant, vous en êtes convaincu, mais le visage, s'il présente un indéniable air de famille avec les portraits du comte, semble néanmoins plus jeune, et les yeux, qui sont maintenant tout proches des vôtres, paraissent un peu plus ingénus. Au moment où cette créature essaie de vous mordre le cou en grondant et en bavant d'une manière très déplaisante, vous réalisez qu'il doit s'agir d'Ivan ou de Ninskinjovrobad, les fils jumeaux du comte Dracula.

— Ivan ! hoquetez-vous car vous êtes incapable de prononcer Ninskinjovrobad.

— Faux ! grince le jeune monstre.

Et ses mâchoires claquent bruyamment en se refermant à moins d'un centimètre de la veine qui palpite sur votre gorge.

Peut-être pourriez-vous, pour une fois, laisser tomber les présentations, cher Harker, et vous défendre contre ce délinquant juvénile. Ninskinjovrobad Dracula possède 40 POINTS DE VIE *et les caractéristiques suivantes :* RAPIDITÉ 5 ; COURAGE 5 ; FORCE 5 ; HABILETÉ 4 ; PSI 0. *S'il obtient* 12 *avec les dés, il vous égorgera. Si vous êtes tué — de cette manière ou d'une autre —, rendez-vous au* **14**. *Si vous survivez, vous*

pouvez ouvrir un autre cercueil, celui dont les garnitu-
*res sont en cuivre (rendez-vous au **104**) ou celui dont*
*les garnitures sont en laiton (rendez-vous au **108**),*
vous avez également tout loisir de sortir du caveau et
de quitter le cimetière d'un pas nonchalant en vous
*dirigeant soit vers le nord (rendez-vous au **30**), soit*
*vers l'est (rendez-vous au **24**).*

129

Bibliothèque — Lieu 30

Ayant l'intention de vous rendre prochainement à
Londres, vous jetez un coup d'œil sur le *Times*. La
manchette de la une est consacrée au whisky, qui
vient de subir une hausse alarmante de 5 shillings
par baril. Dans les pages intérieures, coincé entre les
nouvelles de la cour et le compte rendu du dernier
Conseil des ministres, où a été évoquée la menace
croissante que la France fait peser sur le Royaume-
Uni, un très curieux article fait état des doléances de
nombreux parents qui affirment que l'on s'empare
de l'esprit de leurs enfants pour le transporter dans
un lointain passé afin d'animer le corps d'un jeune
héros de l'époque du roi Arthur. Qu'une idée aussi
saugrenue ait pu germer dans le crâne de qui que ce
soit vous laisse pantois.

Délaissant la lecture du journal, vous allez examiner
les livres de plus près. Aucun d'eux ne s'applique
particulièrement à votre situation présente, mais
vous découvrez, glissée entre deux ouvrages, ce qui
se révèle être une feuille de papier. Vous l'en extirpez
délicatement pour lire ce qui suit :

JE VOUS ATTENDS A LA FIN DU ZODIAQUE
TROUVEZ-MOI ET BQDUDY !

Trouvez-moi et *bqdudy* ? Qu'est-ce que signifie,

bqdudy ? Vous restez un instant perplexe, puis vous vous rappelez le penchant de van Helsing pour les messages codés. Il suffit de remplacer chacune des lettres par celle qui la suit dans l'alphabet pour découvrir la menace... et l'arrogance d'un individu qui ne sera jamais de taille à lutter contre le sinistre comte Dracula ! Mais où le zodiaque prend-il fin ? Il y a sûrement un indice ; à vous de trouver le fin mot du message. Les sourcils froncés, vous sortez de la bibliothèque.

Ce qui vous ramène au **103**.

130
Morgue familiale — Lieu 16

— Faux ! glapit tristement le Joyeux Croque-Mort. Et il se rue sur vous en brandissant son trépan. (Cet instrument, soit dit en passant, est un vilebrequin automatique, servant à décalotter fort proprement les crânes.)

Ce qui vous expédie tout droit au **14**...

131
Couloir supérieur — Lieu 33

La clef tourne facilement, comme si la serrure avait été graissée tout récemment, et la porte pivote sans bruit sur ses gonds. Vous entrez et vous vous retrouvez dans une petite chambre aux murs tendus de tapisseries ornées de symboles astrologiques et au sol recouvert de peaux de mouton. Mais ce qui frappe le plus, c'est l'atmosphère du lieu saturé de sorcellerie et des répugnants envoûtements de van Helsing.

Du bruit !

Vous pivotez aussitôt sur vos talons en poussant entre vos crocs acérés le chuintement strident qui a toujours été le cri de guerre des vampires ; vous vous trouvez face à un évadé des savanes africaines : un lion dans la force de l'âge.

Le lion possède 40 POINTS DE VIE *et les caractéristiques suivantes :* RAPIDITÉ 5 ; COURAGE 6 ; FORCE 5 ; HABILETÉ 4 ; PSI 0. *Si vous êtes tué (ce qui paraît probable), rendez-vous au* **13**. *Si vous sortez vivant du combat contre le fauve, vous découvrirez, dissimulé dans sa crinière, un médaillon astrologique portant le signe du Lion. Ajoutez-le au butin que vous avez déjà récolté avant de gagner le* **143**.

132

Morgue familiale — Lieu 16

Comme c'est étrange ! Ces morts ne sont pas seulement de vieux cadavres, ce sont aussi de très riches cadavres.

Pour chacun des cinq corps, lancez deux dés et multipliez le résultat par dix pour connaître le nombre de louis d'or que contiennent leurs poches. Lorsque vous aurez fini d'exercer votre nouvelle profession de détrousseur de cadavres, vous pourrez examiner le cerveau qui palpite dans un coin de la pièce en vous rendant au **116** *ou vous esquiver discrètement en gagnant le* **122**.

133

Galerie (partie ouest) — Lieu 20

Une soudaine intuition vous fait tourner le bouton de la porte de la salle à manger, qui vient de claquer derrière vous, et vous constatez aussitôt qu'elle est coincée.

Ce qui ne vous laisse plus le choix qu'entre les deux destinations mentionnées au **23**.

134

Morgue familiale — Lieu 16

Le cœur sur les lèvres, vous soulevez le cerveau (qui vous glisse entre les doigts en ruisselant d'humeurs répugnantes) et vous trouvez au-dessous, sur le sol, une petite boule miroitante.

— Pour l'amour du ciel, qu'est-ce que c'est que ça ? demandez-vous.

Une petite boule miroitante.

— C'est ce que je vois. On dirait un ornement d'arbre de Noël, mais je doute que ce soit vraiment à cela qu'elle est destinée.

Non, effectivement. Il s'agit, en réalité, d'un Paralyseur Vampirique.

— Un quoi ?

Un Paralyseur Vampirique. Cette ingénieuse invention, due, je crois, à un savant anglais, part du principe que les vampires ne peuvent supporter de regarder leur reflet dans un miroir. Lancé au début d'un combat, cet objet paralysera un vampire suffisamment longtemps pour vous assurer le bénéfice du premier assaut et, par-dessus le marché, empêchera votre adversaire de riposter.

— Un précieux accessoire, observez-vous en ramassant le Paralyseur Vampirique et en lâchant (avec soulagement) le cerveau, qui retombe sur le sol avec un bruit mou.

Cette déplaisante opération terminée, vous avez le

*choix entre fouiller les cadavres (rendez-vous au **132**) ou quitter les lieux (rendez-vous au **122**).*

135

Fumoir — Lieu 26

Lorsque vous pénétrez dans la pièce, votre ouïe hypersensible (à condition de dresser l'oreille) détecte un petit bruit. Un coup d'œil circulaire vous convainc que le fumoir est vide. Vous essayez de rouvrir la porte que vous venez de franchir : quelqu'un l'a fermée à clef derrière votre dos. Vous bondissez alors vers la porte d'en face : elle est également fermée à clef. Seriez-vous pris au piège ?

*Apparemment non, puisque la porte sud demeure praticable. Elle vous conduira au **165**.*

136

Morgue familiale — Lieu 16

— Faux ! glapit tristement le Joyeux Croque-Mort. Et il se rue sur vous en brandissant son trépan. (Cet instrument, soit dit en passant, est un vilebrequin automatique, servant à décalotter fort proprement les crânes.)

*Ce qui vous expédie tout droit au **14**...*

137

Couloir supérieur — Lieu 33

La clef tourne facilement, comme si la serrure avait été graissée tout récemment, et la porte pivote sans bruit sur ses gonds. Vous entrez et vous vous retrouvez dans une petite chambre aux murs tendus de tapisseries ornées de symboles astrologiques et au sol recouvert de peaux de mouton. Mais ce qui frappe le plus, c'est l'atmosphère du lieu saturé de sorcellerie et des répugnants envoûtements de van Helsing.

Du bruit !

Vous pivotez aussitôt sur vos talons en poussant entre vos crocs acérés le chuintement strident qui a toujours été le cri de guerre des vampires ; vous vous trouvez face à une jeune femme dont la nudité est des plus embarrassantes.

Les vampires eux-mêmes n'étant pas dépourvus de galanterie, vous détachez immédiatement votre cape et vous la déployez pour en couvrir la jeune personne. Celle-ci vous sourit avec gratitude... et vous attaque à la manière d'un serpent.

Cette créature est en effet armée de crochets à venin et, si son attaque surprise (ou toute autre de ses attaques, d'ailleurs) est couronnée de succès, non seulement vous subirez la pénalité indiquée par les dés, mais, en plus, vous perdrez 5 POINTS DE VIE à chaque assaut, et cela jusqu'à ce que le combat prenne fin. Si vous êtes tué, rendez-vous au 13. Si vous survivez, vous trouverez, emmêlé aux cheveux de la jeune femme, un médaillon astrologique portant le signe de la Vierge. Prenez-le avant de gagner le 143.

138

Passage secret — Lieu secret

Au bout d'une cinquantaine de mètres, le couloir est brusquement coupé par une épaisse porte de bois, fermée par deux serrures.

Pour ouvrir cette porte, il vous faudra deux clefs, l'une en cuivre, l'autre en argent. Tout autre procédé — tel

137 *Vous vous trouvez face à une jeune femme dont la nudité est des plus embarrassantes.*

que coups d'épaule, coups de pied, tentative d'utilisation de votre tête en guise de bélier, etc. — est voué à l'échec. Si, par chance, vos pérégrinations vous ont fait découvrir une clef d'argent et une clef de cuivre, c'est le moment de les utiliser pour ouvrir cette porte, qui vous conduira au **140**. Dans le cas contraire, vous pouvez retourner à l'embranchement et prendre la direction opposée (rendez-vous au **146**) ou revenir sur vos pas jusqu'au caveau et quitter le cimetière soit par le nord (rendez-vous au **30**), soit par l'est (rendez-vous au **24**).

139

Salon — Lieu 25

Quelqu'un a fermé la porte à clef ! Un infâme scélérat a lâchement profité de ce que vous étiez occupé à défendre votre vie (et à causer la mort de votre adversaire) pour boucler sournoisement les issues... ou, tout au moins, cette porte-ci !

*Précipitez-vous au **135** pour savoir si la porte ouest est également verrouillée.*

140

Passage secret — Lieu secret

La lourde porte s'ouvre. Derrière, le souterrain continue tout droit vers le nord — à moins que ce ne soit vers le nord-nord-est —, pour autant que vous puissiez en juger, ce qui laisse supposer qu'il doit aboutir sous le Château. Le cœur battant, vous le suivez jusqu'à une courte volée de marches de pierre, s'élevant en spirale. Vous vous empressez de les monter, ne doutant plus d'avoir découvert la tanière de Dracula. L'escalier conduit à une trappe qui ne paraît pas verrouillée. Vous levez les bras et vous poussez...

Cette trappe n'est pas une trappe ordinaire. Pour savoir si vous parviendrez à la soulever, lancez un dé et comparez le résultat avec votre total de FORCE. *Si celui-ci est inférieur au chiffre donné par le dé, la trappe reste étroitement scellée. Recommencez à lancer le dé, jusqu'au moment où votre* FORCE *se révélera égale ou supérieure à celle de la trappe. Lorsque vous aurez atteint ce résultat, rien ne vous empêchera plus de gagner le* **142**.

141

Couloir supérieur — Lieu 33

La clef tourne facilement, comme si la serrure avait été graissée tout récemment, et la porte pivote sans bruit sur ses gonds. Vous entrez et vous vous retrouvez dans une petite chambre aux murs tendus de tapisseries tissées de symboles astrologiques et au sol recouvert de peaux de mouton. Mais ce qui frappe le plus, c'est l'atmosphère du lieu saturé de sorcellerie et des répugnants envoûtements de van Helsing. Du bruit !

Vous pivotez aussitôt sur vos talons en poussant entre vos crocs acérés le chuintement strident qui a toujours été le cri de guerre des vampires ; vous vous trouvez en face non pas d'un adversaire vivant, mais plutôt d'une machine infernale ! Au centre de la pièce se dresse en effet une balance volumineuse et excessivement complexe, reliée à une arbalète tendue qui braque un pieu horriblement pointu vers l'endroit précis où se trouverait votre cœur si vous en aviez encore un.

Vous vous écartez nerveusement, et l'arbalète pivote

pour suivre votre déplacement. Il est évident que cet appareillage recèle quelque épreuve diabolique car un médaillon astrologique, d'une taille modeste, mais d'un intérêt certain, est posé sur l'un des plateaux de la balance ; à côté du plateau se trouvent quelques poids et un petit écriteau indiquant simplement :

UTILISEZ LE POIDS EXACT OU MOUREZ !

Vous examinez les poids, qui paraissent tous sensiblement de la même grosseur. Il y en a trois, chacun marqué d'un signe différent du zodiaque. Lequel faut-il poser sur la balance ? Vous vous démanchez le cou pour essayer d'apercevoir le signe gravé sur le médaillon, mais ce dernier est posé à l'envers. Vous tendez une main hésitante vers le poids que vous allez utiliser...

Le premier des trois poids porte le signe de la Balance. Si vous pensez que c'est celui-là qu'il faut poser sur le plateau, rendez-vous au **169**. *Le deuxième porte le signe du Verseau ; pour le poser sur la balance, rendez-vous au* **173**. *Si vous préférez le troisième, marqué du signe du Sagittaire, rendez-vous au* **179**.

142

Cabinet de toilette de Dracula — Lieu 22

En vous hissant par la trappe, vous comprenez pourquoi elle était si lourde et si difficile à soulever : elle se trouve juste au-dessous du siège des lieux d'aisance.
Vous jetez un regard circulaire, prêt à tout, mais la pièce est vide. Il vous suffit d'un coup d'œil pour être certain qu'aucun message important ne se dissimule parmi les graffiti tracés sur les murs.

*Ce qui veut dire qu'il ne vous reste plus qu'à pousser la porte des toilettes pour gagner le paragraphe **150**. A moins que vous ne préfériez repartir par le souterrain jusqu'à l'embranchement pour vous diriger vers le **146**, ou même jusqu'au cimetière, dont vous pourrez sortir soit par le nord (rendez-vous au **30**), soit par l'est (rendez-vous au **24**).*

143

Couloir supérieur — Lieu 33

Vous sortez en titubant de la chambre et vous rejetez la tête en arrière, puis vous détendez vos nerfs en poussant un hurlement qui ferait pâlir de jalousie un loup adulte au mieux de sa forme. Une fois de plus, l'invincible Dracula a triomphé ! Une fois de plus, vous vous êtes révélé trop astucieux et trop habile pour le minable van Helsing !
— Je suis Dracula ! criez-vous à la face des cieux. Rien ne pourra m'abattre !
Un détail attire votre attention. Alors que ce couloir a toujours été percé de douze portes, il y en a maintenant treize. C'est matériellement impossible, et pourtant c'est vrai. La porte supplémentaire, à l'extrémité du corridor, presque en face de l'escalier qui monte au chemin de ronde, arbore très ostensiblement le numéro 13. Ce chiffre a-t-il une signification particulière ? Franchir cette porte vous conduira-t-il à la mort ?

*Le meilleur moyen de le savoir est évidemment d'essayer, ce que vous pouvez faire en allant au **147**. Néanmoins, vous préférerez peut-être choisir une autre porte, si vous êtes en possession de la clef qui l'ouvre.*

Clef n°	Paragraphe	Clef n°	Paragraphe
1	**115**	7	**141**
2	**119**	8	**145**
3	**123**	9	**149**
4	**127**	10	**153**
5	**131**	11	**157**
6	**137**	12	**161**

*Mais vous êtes également libre de visiter le chemin de ronde (rendez-vous au **85**) ou de redescendre au rez-de-chaussée (rendez-vous au **11**).*

144

Morgue familiale — Lieu 16

— Sacrebleu, vous avez raison ! s'exclame le Joyeux Croque-Mort en courant d'un cadavre à l'autre pour leur taper les mains l'une contre l'autre en un macabre simulacre d'applaudissements. C'est, en fait, absolument insoluble, comme le démontre immédiatement la logique pure. Donner sa langue au chat est donc la seule solution correcte. Bravo ! Toutes mes félicitations !

— Et maintenant ? demandez-vous avec méfiance, car c'est la première fois de votre vie que vous parvenez à vous faire admettre dans un parti politique essentiellement composé de cadavres et en échouant à l'examen d'entrée.

— Eh bien, maintenant, vous êtes des nôtres ! répond le Joyeux Croque-Mort avec ravissement. Vous êtes membre actif du Parti mortaliste, avec tous les droits et privilèges que cela comporte.

Il vous remet alors une carte officielle du parti qui fait de vous le membre numéro 7.

144 « *Eh bien, maintenant, vous êtes des nôtres ! vous dit le Joyeux Croque-Mort. Vous êtes membre du parti mortaliste.* »

— Quels sont ces droits et privilèges ? interrogez-vous avec curiosité.

— Les Lloyds de Londres vous consentent une remise sur vos primes d'assurance-vie. Harrods offre des conditions de paiement intéressantes pour des cercueils à moitié prix... entièrement faits main, évidemment, et de toute première qualité. Vous avez également droit à un siège au Parlement, à condition d'obtenir le nombre de suffrages voulu, et vous pouvez faire signer des pétitions tous les jours, sauf le dimanche. Mais le principal avantage est peut-être ce qui se produit en cas de conflit avec un vampire. La carte de membre vous donne en effet la possibilité de réduire de 2 points la pénalité qu'entraînent les blessures infligées par une telle créature ; cela peut représenter un total de points appréciable si le combat se prolonge.

— Merci, dites-vous, pas mécontent du tout. Et maintenant, que fait-on ?

— Nous allons chanter tous en chœur l'hymne du Parti, après quoi, chacun ira de son côté, vous répond le Joyeux Croque-Mort.

Il relève le menton, fredonne un la dièse, puis entonne d'une voix étonnamment mélodieuse :

— C'est si bon d'être en vie / Prétend-on encore et encore / Mais pour nous autres, au Parti / C'est surtout bon d'être mort !

Vous n'êtes pas autrement surpris de constater que les cadavres ne chantent pas, et, comme vous ne connaissez pas les paroles, vous ne chantez pas non plus. Mais le Joyeux Croque-Mort s'en aperçoit à peine, et il vocalise toujours avec vigueur lorsque vous vous esquivez sur la pointe des pieds...

*... soit pour gagner le Château (rendez-vous au **56**), les marches à l'est (rendez-vous au **62**), le passage*

voûté du nord-ouest (rendez-vous au **74**) ou même pour refaire tout le chemin jusqu'à l'allée carrossable (rendez-vous au **10**).

Couloir supérieur — Lieu 33

La clef tourne facilement, comme si la serrure avait été graissée tout récemment, et la porte pivote sans bruit sur ses gonds. Vous entrez et vous vous retrouvez dans une petite chambre aux murs tendus de tapisseries ornées de symboles astrologiques et au sol recouvert de peaux de mouton. Mais ce qui frappe le plus, c'est l'atmosphère du lieu saturé de sorcellerie et des répugnants envoûtements de van Helsing.

Du bruit !

Vous pivotez aussitôt sur vos talons en poussant entre vos crocs acérés le chuintement strident qui a toujours été le cri de guerre des vampires ; vous vous trouvez face non pas à un seul danger, mais à plusieurs. La chambre grouille en effet de scorpions, échappés d'un petit coffret que l'on a laissé ouvert sur le sol.

Lancez deux dés pour savoir combien de scorpions trottinent vers vous. Chacun de ces insectes possède 7 POINTS DE VIE *et les caractéristiques suivantes :* RAPIDITÉ 3 ; COURAGE 4 ; FORCE 1 ; HABILETÉ 2 ; PSI 0. *Ils vous attaqueront à tour de rôle, ce qui est tout de même préférable à une charge groupée, mais un double 6, obtenu par n'importe lequel d'entre eux, signifiera une piqûre mortelle. Si vous êtes tué, rendez-vous au* **13**. *Si vous survivez, vous trouverez dans le coffret un médaillon astrologique portant le signe du Scorpion, et sur lequel vous pouvez faire main basse avant de gagner le* **143**.

Passage secret — Lieu secret

Au bout d'une dizaine de mètres, le souterrain commence à s'infléchir pour décrire une spirale qui s'enfonce de plus en plus rapidement dans le sol. Au début, la courbe est légère, mais elle s'accentue progressivement, et vous commencez à avoir le tournis lorsque, brusquement, vous vous trouvez devant un puits, qui débouche, quelque deux mètres plus bas, dans un tunnel.

Etes-vous bien certain d'avoir envie de passer par là ? Si oui, vous pouvez le faire en vous rendant au 154. Mais rien ne vous empêche de revenir sur vos pas jusqu'à la bifurcation et de prendre la direction opposée (rendez-vous au 138) ou même de parcourir à nouveau tout le souterrain en sens inverse, de sortir du caveau et de quitter le cimetière soit par le nord (rendez-vous au 30), soit par l'est (rendez-vous au 24).

Couloir supérieur — Lieu 33

Vous vous approchez avec circonspection de la chambre n° 13 et vous constatez qu'elle n'a ni poignée ni trou de serrure. Le panneau est seulement percé d'une fente destinée à recevoir des pièces de monnaie, comme dans les toilettes publiques. Au-dessus de cette fente, une petite plaque de cuivre précise :

INTRODUISEZ DES MÉDAILLONS ASTROLOGIQUES
(Les Fermetures Automatiques van Helsing et Cie, S.A.R.L.)

Emporté par un brusque accès de fureur contre

l'homme qui se mêle de modifier la disposition intérieure de votre château, vous martelez la porte de vos poings massifs. Mais elle résiste victorieusement à votre assaut. Il n'y a rien à faire : si vous voulez entrer, la seule solution consiste à glisser dans la fente tous les médaillons que vous avez récoltés.

Ce qui n'est pas tout à fait aussi simple qu'il y paraît. Si vous êtes en possession de moins de 6 médaillons, rendez-vous au 171. Si vous en possédez entre 6 et 11, rendez-vous au 167. Et si vous détenez la collection complète des 12 médaillons, rendez-vous au 175.

148

Galerie (partie est) — Lieu 21

Vous regardez autour de vous, à la recherche d'un indice quelconque susceptible de vous guider vers le monstre que vous traquez, mais vous n'en découvrez aucun.

Ce qui vous laisse entièrement libre de diriger vos pas soit vers la porte est (rendez-vous au 156), soit vers le lugubre tronçon ouest de la galerie (rendez-vous au 152) ou bien de retourner dans les toilettes (rendez-vous au 160) ou encore d'essayer la deuxième porte nord (rendez-vous au 162).

149

Couloir supérieur — Lieu 33

La clef tourne facilement, comme si la serrure avait été graissée tout récemment, et la porte pivote sans bruit sur ses gonds. Vous entrez et vous vous retrouvez dans une petite chambre aux murs tendus de tapisseries ornées de symboles astrologiques et au sol recouvert de peaux de mouton. Mais ce qui frappe le plus, c'est l'atmosphère du lieu saturé de sorcellerie et des répugnants envoûtements de van Helsing.

Du bruit !

Vous pivotez aussitôt sur vos talons en poussant entre vos crocs acérés le chuintement strident qui a toujours été le cri de guerre des vampires, et un autre sifflement vous répond, tout contre votre oreille. Une flèche ! Votre sang se fige dans vos veines. Que vous soyez transpercé par une flèche ou par un pieu, le résultat est pratiquement le même, et il y a de quoi vous faire du souci. A l'autre bout de la pièce se tient en effet un archer albinos ; ses yeux roses brillent tandis qu'il bande à nouveau son arc pour vous décocher une deuxième flèche.

Le plus urgent, c'est de savoir s'il lâchera sa flèche avant que vous ayez pu tenter de vous défendre. Lancez un dé pour connaître la RAPIDITÉ *de l'archer et comparez-la à la vôtre. S'il est plus rapide que vous, il pourra tirer sa deuxième flèche. Lancez alors deux dés pour son compte. Tout chiffre supérieur à 7 signifiera un coup au but, qui vous expédiera directement au* **13**. *Si l'archer se révèle trop lent, ou si sa flèche vous rate, c'est à vous de jouer. Un bon coup de dent dans la gorge, que vous pourrez lui donner en obtenant aux dés un chiffre supérieur à 7, lui réglera définitivement son compte. Si vous survivez à cet affrontement mortel, vous trouverez dans la poche de l'archer un médaillon astrologique portant le signe du Sagittaire. Prenez-le avant de gagner le* **143**.

150
Galerie (partie est) — Lieu 21

Une coulée de bave mouvante rampe vers vous le long de la galerie. On ne peut pas dire que cette créature soit particulièrement séduisante : elle a la consistance et l'aspect d'une vomissure, et la couleur d'un ver de vase atteint de lèpre. La flaque a près de deux mètres de diamètre et progresse à l'aide de courts pseudopodes bulbeux terminés par de brillantes ventouses violacées qui se collent voracement aux lattes cirées du parquet.

— Huuuuummmch ! grogne la bave en sentant votre présence et en obliquant vers vous.

Ce qui n'est pas une très bonne nouvelle, M. Harker, car une telle quantité de bave peut digérer un homme de la tête aux pieds en quelques secondes, pour peu que les dés lui donnent 9 ou plus. Cette matière baveuse possède 20 POINTS DE VIE *et les caractéristiques suivantes :* RAPIDITÉ 1 ; COURAGE 6 ; FORCE 3 ; HABILETÉ 1 ; PSI 0. *En dehors de ses capacités digestives, elle est inoffensive et ne vous causera aucun autre dommage au cours du combat. Si vous êtes digéré vivant avant d'avoir pu réduire la coulée de bave en petits fragments de gélatine putride, rendez-vous au* 14. *Si vous survivez, rendez-vous plutôt au* 148.

151

Porte d'entrée du Château — Lieu 18

A la vue de cette porte imposante, la mémoire vous revient d'un seul coup, et vous levez aussitôt le poing pour tambouriner le rythme magique qui évoquera le démon préposé à sa garde, afin qu'il l'ouvre toute grande.

Tap tap-tap-tap-tap tap tap !

Les vantaux s'écartent alors avec un grincement démoniaque, et le vestibule apparaît. Celui-ci est maintenant occupé par une machine infernale ; elle a été conçue de manière à décocher violemment un pieu en direction de quiconque ouvrira la porte à deux battants donnant sur l'intérieur du Château. L'œuvre de van Helsing, à n'en pas douter ! Cet individu est un forcené, un maniaque homicide incapable de laisser un pacifique vampire libre de perpétrer tranquillement les fascinantes cruautés qui agrémentent habituellement sa vie quotidienne. Vous entrez dans le vestibule et vous détraquez le mécanisme en lui donnant quelques coups de pied bien placés.

Résultat : si par la suite, vous veniez à ouvrir, par mégarde, la double porte intérieure, vous n'auriez pas à craindre d'être empalé par la machine infernale et vous pourriez poursuivre votre chemin sans encombre. Pour l'instant, vous pouvez, si vous le désirez, réintégrer votre Château sans risque et longer la galerie soit vers l'ouest (rendez-vous au 23), soit vers l'est (rendez-vous au 27), ou bien monter l'escalier (rendez-vous au 47), ou pénétrer dans la salle de musique (rendez-vous au 21), ou pousser la porte du fumoir (rendez-vous au 39). Si vous préférez, au contraire, rester dehors, vous avez le choix entre descendre les marches conduisant au jardin en contrebas, à l'est (rendez-vous au 177), vous diriger vers les dépendances à l'ouest (rendez-vous au 181), emprunter le passage voûté du nord-ouest (rendez-vous au 185) ou même descendre vers le sud par l'allée carrossable (rendez-vous au 189).

Galerie (partie ouest) — Lieu 20

Vous pouvez vous diriger vers l'est en vous rendant au 148, monter l'escalier (rendez-vous au 158), ouvrir la porte du sud (rendez-vous au 164), celle du nord (rendez-vous au 168), ou celle du nord-ouest (rendez-vous au **172**) ou encore vous diriger vers l'ouest (rendez-vous au **180**).

153

Couloir supérieur — Lieu 33

La clef tourne facilement, comme si la serrure avait été graissée tout récemment, et la porte pivote sans bruit sur ses gonds. Vous entrez et vous vous retrouvez dans une petite chambre aux murs tendus de tapisseries ornées de symboles astrologiques et au sol recouvert de peaux de mouton. Mais ce qui frappe le plus, c'est l'atmosphère du lieu, saturé de sorcellerie et des répugnants envoûtements de van Helsing.

Du bruit !

Vous pivotez aussitôt sur vos talons en poussant entre vos crocs acérés le chuintement strident qui a toujours été le cri de guerre des vampires ; vous vous trouvez en face d'une créature des plus étranges. Par bien des côtés, elle ressemble à un petit centaure, mais la partie inférieure de son corps au lieu d'avoir la forme d'un cheval a plutôt celle d'une chèvre. Sa tête d'apparence humaine porte une solide paire de cornes qui n'a rien de rassurant. Vous êtes encore en train de vous interroger sur la nature de cette créature bizarre lorsqu'elle passe à l'attaque.

*Ce monstre caprin possède, en dépit de sa stature assez modeste, 65 POINTS DE VIE et les caractéristiques suivantes : RAPIDITÉ 4 ; COURAGE 5 ; FORCE 4 ; HABILETÉ 3 ; PSI 0. Ses cornes lui permettent d'infliger des blessures entraînant une perte de 3 points supplémentaires. Si ce déroutant affrontement vous coûte la vie, rendez-vous au **13**. Si vous en réchappez, vous découvrirez que la créature porte un médaillon* *astrologique marqué du signe du Capricorne. Prenez-le avant de gagner le **143**.*

Dédale des Nécrophages — Lieu 38

Très sincèrement, Harker, cet endroit n'inspire guère confiance : c'est un décor à faire dresser les cheveux d'une perruque, comme aurait probablement dit Sa Gracieuse Majesté la Reine Victoria. Et, en plus, il y règne une odeur épouvantable, le relent fétide de la putréfaction.

*Si vous tenez néanmoins à vous y aventurer, rendez-vous au **166**, mais prudence est souvent mère de sûreté, et il serait peut-être préférable de battre en retraite jusqu'à la bifurcation pour vous rendre au **138**, ou même de parcourir tout le souterrain en sens inverse, de sortir du caveau et de quitter le cimetière soit par le nord (rendez-vous au **30**), soit par l'est (rendez-vous au **24**).*

Jardin en contrebas — Lieu 12

Vous descendez les marches pour visiter le jardin... et vous tombez de tout votre long.

Perdre l'équilibre et se retrouver face contre terre n'est pas dans les habitudes d'un agile vampire tel que vous, mais, en l'occurrence, vous avez une excuse : vous avez posé le pied sur une marche truquée. Maintenant que vous êtes à plat ventre sur le sol, il ne vous reste plus qu'à lancer rageusement deux dés pour déterminer le nombre de POINTS DE VIE que vous a fait perdre votre chute. Si vous en mourez, rendez-

*vous au **13**. Si vous survivez, vous découvrirez au **183** que vos ennuis ne font que commencer.*

156

Jardin clos — Lieu 31

Vous avancez avec circonspection, terriblement conscient du fait que chaque pas vous rapproche dangereusement de Dracula en personne et vous constatez que le jardin a la forme d'un L inversé. Le mur extérieur n'est percé que d'une seule porte, mais celui qui longe le Château en a deux, dont celle que vous venez de franchir.

*Ce qui veut dire que vous pouvez revenir sur vos pas en vous rendant au **148**, ou essayer la porte du mur extérieur (rendez-vous au **174**) ou encore rentrer dans le Château par la seconde porte (rendez-vous au **182**).*

157

Couloir supérieur — Lieu 33

La clef tourne facilement, comme si la serrure avait été graissée tout récemment, et la porte pivote sans bruit sur ses gonds. Vous entrez et vous vous retrouvez dans une petite chambre aux murs tendus de tapisseries ornées de symboles astrologiques et au sol recouvert de peaux de mouton. Mais ce qui frappe le plus, c'est l'atmosphère du lieu saturé de sorcellerie et des répugnants envoûtements de van Helsing.
Du bruit !
Vous pivotez aussitôt sur vos talons en poussant entre vos crocs acérés le chuintement strident qui a toujours été le cri de guerre des vampires ; vous vous trouvez en face d'un homme remarquablement

beau, portant une culotte moulante et des bottes. Son torse, en revanche, est recouvert de ce qui semble être des écailles. Il tient à la main un carafon de cristal, contenant un liquide incolore et inodore.

— De l'eau, dit-il en désignant le carafon d'un coup de menton. Ce qui va nous fournir l'occasion de vous soumettre une petite énigme.

— Une énigme ? répétez-vous d'un ton méfiant.

— Il ne serait pas inutile, poursuit la créature, que vous vous rappeliez la formule chimique de l'eau (en ce Siècle de Lumière, elle est assez connue) ; remplacez donc les lettres qui la composent par leur équivalent numérique, selon le rang qu'elles occupent dans l'alphabet, puis ajoutez aux chiffres ainsi obtenus celui qui figure déjà dans la formule en question. Il vous suffira ensuite d'ajouter 162 au total pour poursuivre votre chemin.

Il y a vraiment des gens qui ont le don de compliquer les choses les plus simples. Si vous êtes néanmoins parvenu à suivre le fil du discours de ce curieux personnage, gagnez maintenant le **paragraphe** *dont le numéro correspond au total que vous avez obtenu en formant cette addition.*

158

Couloir supérieur — Lieu 33

Prudemment, vous essayez d'ouvrir la porte la plus proche et vous constatez que votre première intuition était la bonne : elle est effectivement fermée à clef. Cependant, le panneau ne paraît pas particulièrement solide, et vous avez l'impression qu'un bon coup d'épaule devrait suffire à l'enfoncer.

Si vous avez envie de donner ce coup d'épaule, vous pouvez le faire en vous rendant au **176**. *Sinon, rien ne* *vous empêche de continuer à monter jusqu'au chemin de ronde du Château (rendez-vous au **184**) ou de redescendre dans la galerie (rendez-vous au **152**).*

159

Chambre froide — Lieu 15

Un endroit plaisant où il doit être fort agréable de prendre une retraite définitive en y rangeant son cercueil pour l'éternité.

*Mais, pour l'instant, vous n'avez le choix qu'entre visiter la seconde pièce (rendez-vous au **191**) ou regagner la cour d'honneur (rendez-vous au **117**).*

160

Cabinet de toilette de Dracula — Lieu 22

Il se pourrait qu'en retournant dans cette pièce dépourvue d'attrait, vous ayez un peu trop compté sur votre chance. Car, aussitôt le seuil franchi, vous voyez une main velue émerger de la cuvette et braquer un doigt vers vous.
Fzzzzzzst !
Avant que vous ayez eu le temps de réagir, une décharge d'énergie jaillit du doigt tendu dans votre direction.

*Parviendrez-vous à esquiver suffisamment vite ? Lancez un dé et comparez le résultat avec votre total de RAPIDITÉ. Si ce dernier est supérieur, vous réussirez à éviter la décharge. S'il est inférieur, la décharge vous coûtera 25 de vos précieux POINTS DE VIE (si vous en mourez, rendez-vous au **14**). Dans un cas comme dans l'autre, vous aurez évidemment à affronter ensuite la* *hideuse créature qui se hisse hors de la cuvette ; il s'agit d'un être humanoïde, couvert de poils, et doté, selon toute apparence, d'un squelette élastique. Cet hôte des canalisations possède* 25 POINTS DE VIE *et les caractéristiques suivantes :* RAPIDITÉ 3 ; COURAGE 3 ; FORCE 3 ; HABILETÉ 3 ; PSI 0. *Il fera à nouveau usage de son pouvoir d'envoyer des décharges électriques chaque fois qu'il obtiendra 12 avec les dés. Renouvelez l'opération précédente pour savoir si vous parviendrez à l'esquiver. Dans le cas contraire, vous perdrez à nouveau 25* POINTS DE VIE. *Si vous êtes tué, rendez-vous au* **14**. *Sinon, renvoyez le corps d'où il vient en tirant la chasse d'eau et retournez d'un pas chancelant au* **148** *pour y choisir une destination moins dangereuse.*

161

Couloir supérieur — Lieu 33

La clef tourne facilement, comme si la serrure avait été graissée tout récemment, et la porte pivote sans bruit sur ses gonds. Vous entrez et vous vous retrouvez dans une petite chambre aux murs tendus de tapisseries ornées de symboles astrologiques et au sol recouvert de peaux de mouton. Mais ce qui frappe le plus, c'est l'atmosphère du lieu saturé de sorcellerie et des répugnants envoûtements de van Helsing.

Du bruit !

Vous pivotez aussitôt sur vos talons en poussant entre vos crocs acérés le chuintement strident qui a toujours été le cri de guerre des vampires ; vous vous trouvez en face de l'une des créatures les plus repoussantes que vous ayez jamais vues : un être doté d'un corps humain et d'une tête visqueuse de poisson.

Gueule-de-Raie ne possède pas moins de 70 POINTS
DE VIE *et ses caractéristiques sont les suivantes :*
RAPIDITÉ 3 ; COURAGE 4 ; FORCE 5 ; HABILETÉ 3 ;
PSI 0. *Si vous êtes tué, rendez-vous au* **13**. *Si vous survivez, vous trouverez, dissimulé dans l'une des ouïes de
la créature, un médaillon astrologique portant le signe
des Poissons. Glissez-le dans votre poche avant de
gagner le* **143**.

162

Débarras — Lieu 23

Il n'y a personne dans la pièce, mais Dieu sait ce qui
peut bien se cacher dans les boîtes et les caisses qui
y sont entassées. Dieu sait quelles abominations
peuvent se tapir dans les recoins obscurs de ce cagibi
encombré.

*Si vous êtes prêt à assumer les risques d'une fouille,
rendez-vous au* **186**. *Sinon, vous pouvez regagner furtivement la galerie en vous rendant au* **148**.

163

Cour des Ecuries — Lieu 11

*Vous avez le choix entre visiter les écuries (rendez-
vous au* **193**), *pénétrer dans le verger (rendez-vous au*
197) *ou regagner la cour d'honneur (rendez-vous au*
117).

164

Vestibule — Lieu 19

De solides serrures et de lourdes barres condamment
la porte d'entrée du Château ; un examen rapide

vous convainc que, même de l'intérieur, vous ne parviendrez pas à l'ouvrir.

*Ce qui ne vous laisse d'autre solution que de retourner au **152** pour y choisir une autre destination.*

165

Galerie (partie ouest) — Lieu 20

Sssssssss !
Vous faites un bond de côté pour éviter un serpent astral que van Helsing a matérialisé en lui donnant cette galerie à surveiller. L'énorme reptile translucide se dresse comme un cobra sur le point de mordre.

C'est d'ailleurs ce qu'il s'apprête à faire. L'ennui, c'est qu'il est impossible de tuer un serpent astral. Lui, en revanche, peut très bien vous anéantir ; vous avez cependant la possibilité de l'expédier dans une dimension astrale en parvenant à réduire le total de ses POINTS DE VIE *jusqu'au chiffre négatif de* – 10. *Vous pouvez ainsi poursuivre votre chemin, mais le serpent se rematérialisera dès que vous aurez le dos tourné. Cette créature possède* 40 POINTS DE VIE *et les caractéristiques suivantes :* RAPIDITÉ 5 ; COURAGE 3 ; FORCE 4 ; HABILETÉ 2 ; PSI 0. *Si elle vous tue, rendez-vous au* **13**. *Mais si vous réussissez à réduire le nombre de ses* POINTS DE VIE *à* – 10, *l'éventail de vos choix s'épanouira alors comme fleur au soleil : vous pouvez en effet suivre la galerie vers l'ouest en vous rendant au* **23** *ou vers l'est en vous rendant au* **27**, *ou encore emprunter la baie étroite (rendez-vous au* **21***). Vous pourrez également franchir la porte à deux battants dans le mur sud en gagnant le* **33** *par la porte nord (rendez-vous au* **39***) ou monter l'escalier en vous rendant au* **47**.

Maintenant, vous savez pourquoi on appelle cet endroit le Dédale des Nécrophages. Les êtres immondes qui se traînent vers vous en exhibant leurs crocs n'ont sûrement pas vu la lumière du jour depuis des dizaines d'années, et leurs yeux rouges luisent de convoitise.

La situation n'est pas aussi catastrophique qu'on pourrait le croire, cher Jonathan. Car vous ne risquez pas d'être dévoré vivant, même si vous avez toutes les chances de constituer un excellent repas une fois mort. Lancez deux dés pour savoir combien des créatures de la horde s'attaqueront effectivement à vous. Chacune d'elles possède 25 POINTS DE VIE *et les caractéristiques suivantes :* RAPIDITÉ 3 ; COURAGE 4 ; FORCE 3 ; HABILETÉ 3 ; PSI 0. *Si elles vous tuent, rendez-vous au* **14**. *Si vous survivez, autant savoir dès maintenant que vous ne parviendrez jamais à traverser l'arrière-garde de cette petite armée de larves répugnante. Dans ces conditions, il vaut mieux filer ventre à terre jusqu'à l'embranchement du passage secret qui vous conduira soit au* **138**, *soit au* **146**. *Avec un peu de chance, vous devriez semer les mangeurs de cadavres en cours de route.*

La chute du dernier médaillon déclenche un grincement d'engrenages. La porte commence à s'ouvrir, mais pas de la manière habituelle : au lieu de pivoter sur le côté, elle s'escamote lentement vers le bas.

Derrière elle règne une obscurité qu'aucun éclairage naturel ne saurait dissiper : voici la sombre nuit, les ténèbres aveugles d'un sépulcre diabolique.

L'alternative qui s'offre à vous est des plus simples, cher Comte : ou vous entrez, ou vous n'entrez pas. Si vous voulez tenter de pénétrer dans cette obscurité, vous pouvez le faire en vous rendant au 195. Si le courage vous manque, en revanche, retournez donc au 143 pour prendre une autre direction.

168

Fumoir — Lieu 26

Aoups !
Ce hoquet involontaire est provoqué par l'horrible spectacle qui vous accueille lorsque vous franchissez la porte. Un cadavre est suspendu à une poutre, au centre de la pièce, et son aspect est particulièrement atroce : on dirait une outre vide ; il ne contient plus en effet la moindre goutte de sang.

Une victime de l'abject Dracula, sans l'ombre d'un doute. Le doute qui subsiste, cependant, est celui-ci : allez-vous ou non fouiller le corps ? Vous pouvez le faire en vous rendant au 178, mais vous pouvez aussi vous abstenir d'y toucher et vous retirer soit par la porte ouest (rendez-vous au 188), soit par la porte est (rendez-vous au 192), soit encore par la porte sud (rendez-vous au 152).

169

Couloir supérieur — Lieu 33

Craaaaac-zzzzzing !
L'arbalète diabolique se déclenche, mais le pieu tombe mollement à vos pieds sans vous toucher.

Ce qui tendrait à prouver que vous avez fait le bon choix. En tout cas, vous pouvez à présent vous approprier le médaillon astrologique ; tout comme le poids, celui-ci est marqué du signe de la Balance. Rendez-vous maintenant au **143**.

170

Souterrain secret — Lieu secret

Vous descendez par la trappe et vous vous retrouvez dans un couloir dallé, faiblement éclairé, qui s'enfonce dans le sol. La pente est si accentuée qu'elle vous pousse à marcher plus vite que vous ne le souhaiteriez et cette allure précipitée vous amène rapidement devant une porte fermée...

... que vous pouvez ouvrir, si vous le désirez, en vous rendant au **190**. *Mais comme il se pourrait bien que ce soit là le dernier geste que vous accomplirez sur cette terre, peut-être préférerez-vous regagner le jardin clos en rejoignant le* **156** ?

171

Chambre 13 — Lieu trop dangereux
(pour qu'on révèle où il se trouve)

Lorsque vous introduisez les médaillons dans la fente, un grincement d'engrenages précède l'escamotage soudain de la porte dans le sol ; un instant plus tard apparaît une énorme pince mécanique, assez semblable (en beaucoup plus gros) à celles qui saisissent si mal les appareils-photos et si bien les petits bonbons verts dans les machines à sous des stations balnéaires. La pince vous saisit en vous serrant comme dans un étau et vous entraîne à l'intérieur de la chambre obscure ; là en dépit de votre résistance, la pression devient si forte que vos os craquent, que vos muscles se déchirent, que vos organes éclatent...

Epargnez-vous d'autres détails pénibles en vous précipitant au **13**.

172

Salle de musique — Lieu 24

Le voilà ! Le redoutable comte Dracula est ici ! Penché sur le piano, drapé dans les plis de sa longue cape noire, il est (apparemment) captivé par le morceau qu'il joue, une *Etude* de Debussy, si vos oreilles ne vous trompent pas.
Vous vous jetez sur lui avec un rugissement de joie. Dracula se retourne pour se défendre... et vous réalisez immédiatement que ce n'est pas Dracula ! Indéniablement, il présente avec votre ennemi un vague air de famille à cause de sa cape et de son teint blafard, mais, maintenant qu'il vous fait face, vous comprenez tout de suite que vous avez affaire non pas au comte Dracula, mais à son cousin, presque aussi dangereux que lui : le fantôme de l'Opéra !

Le fantôme fait partie de ces hôtes du Château du vampire qu'il est impossible de tuer au sens propre du terme. Le priver de tous ses POINTS DE VIE *ne suffit pas. Il faut par surcroît réduire leur nombre à* – 5, *ce qui provoquera la disparition du fantôme pendant suffisamment de temps pour vous permettre de vous éclipser. Cette âme en peine possède* 30 POINTS DE VIE *et les caractéristiques suivantes :* RAPIDITÉ 5 ; COURAGE 4 ; FORCE 2 ; HABILETÉ 3 ; PSI 0. *Si vous êtes tué au cours de l'affrontement, rendez-vous au* **14**. *Si vous survivez, rendez-vous au* **194**.

Couloir supérieur — Lieu 33

Zouinggg ! schplaaaf !
C'est le bruit atroce d'un pieu de bois venant se
ficher dans le tendre cœur d'un vampire.

*Pas d'autre solution que de gagner le non moins atroce
paragraphe 13.*

Jardin clos — Lieu 31

Peut-être en franchissant la porte songez-vous qu'il
aurait été plus logique de rechercher le redoutable
Dracula à l'intérieur de son Château ? Mais au train
où vont les choses, vous ne le saurez jamais car la
porte donne sur le vide.

*Et vous tombez en chute libre le long d'une muraille
rocheuse pour aller vous écraser, avec un bruit fort
désagréable, sur des pierres bien dures qui vous
envoient directement au 14.*

Chambre 13 — Lieu trop dangereux
(pour qu'on révèle où il se trouve)

Le dernier médaillon tombe dans la fente.
Aussitôt, on entend grincer des engrenages et la
porte s'ouvre... vers le bas !
Derrière cette porte, se trouve un miroir !
Vous vous couvrez immédiatement le visage avec
votre cape pour vous préserver de l'effet désastreux
que vous causerait inéluctablement le moindre
regard sur votre reflet invisible pour quiconque

d'autre que vous, et, en même temps, vous lancez le pied en avant. Votre oreille exercée a la satisfaction d'entendre le miroir se briser.

Vous abaissez prudemment votre cape. Des éclats de verre jonchent le seuil d'une pièce étonnamment vaste et imposante : il ne s'agit pas d'une partie connue du Château mais d'une construction magique, édifiée par l'homme qui, en ce moment même, est assis sur un trône de granit, à l'extrémité d'une colonnade composée de piliers en mica. Votre émotion est telle que votre cœur bat une fois, avant de reprendre son immobilité coutumière.

— Van Helsing ! grincez-vous.

— Ainsi, mon cher Comte, vous avez fini par me trouver, répond paisiblement van Helsing. Ce qui risque de vous être fatal.

— C'est ce qu'on va voir ! grondez-vous en vous avançant vers lui. Quand j'aurai bu jusqu'à la dernière goutte l'énergie vitale de vos veines, je passerai aux artères.

— Prenez garde, Dracula ! avertit van Helsing. Je suis peut-être moins inoffensif que je n'en ai l'air !

En vérité, vous ne l'avez jamais considéré comme inoffensif. Grâce à votre art divinatoire, vous savez déjà, depuis le début de cette aventure, à quoi vous en tenir sur les caractéristiques et les POINTS DE VIE de van Helsing. Ce que vous ignorez encore, cependant, c'est que van Helsing dispose de facultés PSI considérables, dont il fera usage chaque fois qu'il lancera les dés, et cela tant qu'il lui restera plus de la moitié de son total initial de POINTS DE VIE. Ces facultés, qu'il utilise à tour de rôle, sont les suivantes :

a) LA FOUDRE *qui atteint son but s'il obtient 6 en lançant un dé et qui fait perdre* 20 POINTS DE VIE *à son adversaire.*

b) LE CADUCÉE, *une onde de lumière bleue qui répare les forces de van Helsing en lui faisant récupérer autant de* POINTS DE VIE *que le chiffre obtenu en lançant deux dés.*

c) LE SOULÈVE-CŒUR, *un globule de répugnante bave verte que van Helsing matérialisera devant vos yeux et qui est tellement écœurant qu'une nausée vous fera automatiquement rater votre coup lors du prochain assaut.*

d) L'EMPALEUR *qui fait surgir du néant un pieu de bois qui inflige 5 points supplémentaires de pénalité à chaque blessure et vous tuera sans rémission si les dés donnent un double 6.*

Si van Helsing vous tue, comme cela semble terriblement probable, rendez-vous au **13**. *Si, contre toute attente, vous parvenez à trancher la gorge de cet imbécile, rendez-vous au* **199**.

176

Couloir supérieur — Lieu 33

Vous prenez autant d'élan que l'espace limité vous le permet et vous foncez, l'épaule en avant, de plus en plus vite, jusqu'à ce que...

Craaaaaac !

La porte cède au milieu d'une pluie d'éclats de bois et de poussière de ciment, dans un fracas qui se répercute tout le long du couloir.

Craaaaaac ! Crac... crac... craaac !

Une par une, les autres portes du couloir volent bruyamment en éclats, et bientôt, un nuage opaque composé de poussière et de débris se répand alentour. Des lézardes apparaissent dans le mur, qui, lui aussi, commence à s'effriter. Quelques briques se détachent, puis ce sont des pans entiers qui s'écroulent. Un instant plus tard, tout le mur s'effondre.

*Il semble que vous ne connaissiez pas votre force,
M. Harker. Mais le plus contrariant de l'affaire, c'est
que ces douze chambres sont toutes vides (et maintenant en ruine, évidemment). Vous n'avez plus rien à
faire ici. Massez-vous l'épaule et choisissez : si vous
souhaitez visiter le chemin de ronde, rendez-vous au*
184, *si vous préférez retourner dans la galerie, rendez-
vous au* **152**.

177

Jardin en contrebas — Lieu 12

Boum... badaboum... plaaaaf !
C'était le bruit que vous avez fait en dégringolant les
marches ; car vous aviez oublié que l'une d'elles est
pivotante et disposée de façon à basculer à la moindre pression en expédiant brutalement au bas de l'escalier la personne qui a posé le pied dessus.

*Mauvaise nouvelle : cette chute vous coûte une che-
ville foulée et* 10 POINTS DE VIE. *Si cette perte de*
POINTS DE VIE *vous tue, rendez-vous au* **13**. *Sinon,
réduisez de 3 points votre total de* RAPIDITE *au cours
des dix prochains paragraphes, en raison de votre
blessure. Bonne nouvelle en revanche : votre constitu-
tion très particulière vous permet d'utiliser certains
poisons comme médicament. Allez maintenant les
cueillir. Vous pouvez en récolter suffisamment pour
vous assurer trois séances de traitement, dont chacune
vous fera récupérer le nombre de* POINTS DE VIE
*donné par deux dés sans qu'il vous soit possible de
dépasser le maximum de* 100 *dont vous disposiez ini-
tialement. A présent, le mieux est de regagner la cour
d'honneur, où vous pourrez, à votre choix, visiter les
dépendances de l'ouest (rendez-vous au* **181**), *longer
l'allée carrossable (rendez-vous au* **189**), *emprunter le*

*passage voûté du nord-ouest (rendez-vous au **185**),
ou, si vous ne l'avez pas déjà fait, examiner la porte
d'entrée du Château (rendez-vous au **151**).*

Fumoir — Lieu 26

Voilà une fouille qui se révèle utile, quelque répugnante qu'elle soit, vous découvrez en effet un flacon d'un produit baptisé :

Phabuleux Philtre Phébrifuge Pharson
(une cuillerée à café après les repas)

La fiole est presque vide, mais elle doit encore conte-
nir l'équivalent de deux cuillerées à café, dont chacune vous rendra autant de POINTS DE VIE que le
chiffre donné par deux dés.
Après avoir trouvé ce flacon, vous êtes presque tenté
d'abandonner vos recherches, mais vous les poursuivez malgré tout et vous découvrez un morceau de
papier dans l'une des poches du pantalon. Il porte,
griffonné en pattes d'araignée, le message suivant :

OQP CUUCUUKP UG ECEJG
FCPU WPG ETARVG
UQWVGTTCKPG. KNGP
C FWRG RNWU F'WP
ITCEG CW RCUUCIG
UGETGV SWK A OGPG

*Ce qui pourrait peut-être vous être très utile ou totalement inutile. Maintenant, vous avez le choix entre trois portes : celle de l'ouest (rendez-vous au **188**), celle de l'est (rendez-vous au **192**) ou celle du sud (rendez-vous au **152**).*

179

Couloir supérieur — Lieu 33

Craaaaac... zouingggg !

L'arbalète se détend. Le pieu vous transperce le cœur.

*Et, tandis que vous vous enfoncez dans les ténèbres en vous rendant au **13**, une voix intérieure vous murmure que vous avez dû choisir le mauvais poids.*

180

Galerie (partie ouest) — Lieu 20

La galerie mène vers l'ouest, puis tourne à angle droit vers le nord. Dans le mur nord du premier tronçon s'ouvrent deux portes. La partie de la galerie orientée au nord aboutit à un étroit escalier qui descend dans la pénombre.

*La porte située le plus à l'ouest du mur nord mène au **196**, l'autre au **188**. Si vous voulez savoir où conduit cet escalier obscur, rendez-vous au **200**. Mais vous pouvez aussi revenir au **152**.*

181

Chambre froide — Lieu 15

Zzzzzouing !

Un projectile jaillit vers vous. Vos fulgurants

178 *Une cuillerée à café après les repas !*

réflexes, affinés par des siècles de vampirisme, vous permettent de réaliser (à votre profonde horreur) qu'il s'agit d'une tête d'ail, lancée par une catapulte dont vous avez déclenché l'ingénieux mécanisme en poussant la porte. Si cette tête d'ail vous atteint à une telle vitesse, vous êtes mort.

Toute la question est de savoir si vos fulgurants réflexes vous permettront de l'éviter. Lancez un dé et comparez le résultat avec votre total de RAPIDITÉ. *Lancez un deuxième dé et comparez le résultat avec votre total d'*HABILETÉ. *Si votre* RAPIDITÉ *et votre* HABILETÉ *sont toutes deux inférieures aux chiffres obtenus, essuyez l'ail qui vous macule la figure et rendez-vous au* **13**. *Si l'une des deux seulement est inférieure, lancez à nouveau les deux dés. Enfin, si votre* RAPIDITÉ *et votre* HABILETÉ *sont toutes deux supérieures aux chiffres obtenus, vous avez adroitement fait un bond de côté en lançant à van Helsing une injure bien sentie :* « Maudit sois-tu, affligeant bélître ! », *et vous êtes maintenant libre de visiter la pièce intérieure en vous rendant au* **191** *ou de retourner dans la cour d'honneur en allant au* **117**.

182

Salle à Manger — Lieu 27

Vous avez à peine le temps de jeter un coup d'œil circulaire avant que ne se produise l'un des incidents les plus inattendus et les plus terrifiants de toute votre carrière. Dans une flamboyante explosion, en effet, le personnage d'un tableau jaillit soudain de sa toile et se jette sur vous, cape déployée, comme une gigantesque chauve-souris.

Le papa de Dracula ! Il ne manquait plus que lui ! Bien que vieux de plusieurs siècles, il possède

50 POINTS DE VIE *et les caractéristiques suivantes :* RAPIDITÉ 4 *;* COURAGE 4 *;* FORCE 5 *;* HABILETÉ 4 *;* PSI 0. *Il est impossible de le tuer, mais vous pouvez le renvoyer dans son cadre en réduisant le nombre de ses* POINTS DE VIE *à 0. S'il vous tue, rendez-vous au* **14**. *Si vous êtes vainqueur, vous pouvez quitter la pièce soit par la porte nord (rendez-vous au* **156***), soit par celle de l'est (rendez-vous au* **168***), soit par celle du sud (rendez-vous au* **180***).*

183

Jardin en contrebas — Lieu 12

Bla bla bla bla bla bla...

Vous êtes en train de vous relever lorsque vos oreilles exercées (et pointues) perçoivent un grommellement. Votre sang — enfin, ce qu'il en reste — se refroidit encore un peu plus.

— Oh, non ! gémissez-vous.

Oh, mais si ! Vous êtes attaqué par un commando de gnomes des Jardins ! Lancez un dé pour savoir combien ils sont. Chacun d'eux possède 25 POINTS DE VIE *et les caractéristiques suivantes :* RAPIDITÉ 2 *;* COURAGE 5 *;* FORCE 6 *;* HABILETÉ 3 *;* PSI 3. *Ils ne vous infligeront aucun dommage physique au cours de l'affrontement, mais ils feront tous usage de leur faculté* PSI *pour essayer de vous téléporter en un autre lieu ; cette tentative sera couronnée de succès si l'un d'eux obtient 10 ou plus avec les dés. Si vous parvenez à exterminer tous les gnomes, vous pourrez regagner le* **117** *et vous tenir dorénavant à l'écart du jardin en contrebas. Si l'un deux réussit à vous téléporter, procédez de la façon suivante : lancez deux dés et ajoutez 11 au chiffre obtenu. Si le total est un nombre impair, rendez-vous au* **paragraphe** *portant ce numéro et repartez de là. Si le total est un nombre pair, lancez à nouveau les dés.*

Chemin de ronde — Lieu 34

Vous vous penchez par-dessus les créneaux pour essayer d'apercevoir le pied de la muraille ; vous comprenez alors que vous venez de commettre une erreur : la maçonnerie lézardée est en train de s'effondrer !

Décidément, rien ne va jamais comme on le souhaite-rait. Lancez deux dés. Si vous obtenez 11 ou 12, vous vous précipitez tête la première vers la mort qui vous attend au 14. Si vous obtenez moins de 11, vous pourrez vous éponger le front et regagner la galerie au 152.

Cour des écuries — Lieu 11

La présence de crottin prouve que la cour a été utilisée récemment, mais il n'y a pas trace de cheval.

Vous pouvez jeter un coup d'œil dans les écuries en vous rendant au 205 ou regagner la cour d'honneur (rendez-vous au 117).

Débarras — Lieu 23

Attention ! Dans ce coffre est enfermé un serpent venimeux, lové autour d'un flacon d'antidote.

Le reptile possède 30 POINTS DE VIE et les caractéristiques suivantes : RAPIDITÉ 5 ; COURAGE 5 ; FORCE 3 ; HABILETÉ 2 ; PSI 0. S'il obtient 11 ou 12 avec les dés, il injectera dans votre sang un venin qui, indépendamment des blessures que vous pourrez subir, vous fera perdre 5 de vos précieux POINTS DE VIE à chaque

*assaut jusqu'à ce que vous ayez réussi à boire l'anti-
dote. Si vous mourez avant d'avoir pu mettre la main
sur l'antidote, rendez-vous au* **14**. *Si vous survivez,
vous pourrez regagner la galerie en vous rendant au*
148.

187

Couloir supérieur — Lieu 33

Le personnage a un sourire de mauvais augure.
— Mon maître m'avait prévenu que vous aviez l'esprit vif, il m'a chargé de vous remettre ceci...
Il vous tend alors une enveloppe cachetée.
Vous la prenez et vous l'ouvrez en surveillant
l'étrange créature du coin de l'œil. L'enveloppe
contient une courte lettre, une clef portant le
numéro 5 et un médaillon astrologique marqué du
signe du Verseau. Voici le texte de la lettre :

PAS MAL POUR UN FAIBLE D'ESPRIT. MAIS J'AURAI
QUAND MÊME VOTRE PEAU. SIGNÉ : VAN HELSING.

*L'arrogante vermine ! Ah ! Si seulement vous l'aviez
sous la main ! Mais pour l'instant, vous devez vous
contenter d'empocher la clef et de vous rendre au* **143**.

188

Salle à Manger — Lieu 27

Vous remarquez que quelqu'un a épinglé, sous l'un
des portraits, un morceau de papier sur lequel sont
inscrits ces trois mots : ATTENTION AUX ANCÊTRES.
Quant à savoir qui l'a placé à cet endroit, ou même
ce qu'il signifie, mystère !

*Un casse-tête de plus. Mais, pour l'instant, il ne vous
reste plus qu'à repartir. La porte nord vous conduira
au* **156**, *la porte est au* **168**, *la porte sud au* **180**.

Allée du Château — Lieu 2

Vous vous souvenez vaguement de sentiers conduisant vers l'est et vers l'ouest, mais vous avez beau les chercher, vous ne les retrouvez pas.

*Vous ne pouvez donc vous diriger que vers le sud et le portail du Château en vous rendant au **207** ou vers le nord et la cour d'honneur en allant au **117**.*

Boudoir mortuaire — Lieu 36

Vous ne risquez pas de confondre cette pièce avec l'appartement nuptial du Ritz, M. Harker. Si elle évoque quelque chose, ce serait plutôt la perspective d'une kyrielle d'ennuis. Vous êtes en train d'examiner les lieux lorsque vous entendez un petit bruit et vous avez l'impression que les couvercles des cercueils ont bougé.

Lancez un dé pour savoir combien de couvercles ont en effet remué. Si vous obtenez 1 ou 2, un seul a bougé. Si vous obtenez 3 ou 4, deux couvercles se soulèvent. Si vous obtenez 5 ou 6. les trois cercueils s'ouvrent.

Vous observez la bière la plus proche en retenant votre souffle car il en sort l'une des plus belles femmes que vous ayez jamais vues, brune avec de grands yeux noirs, de longues dents blanches, un teint de lait, la peau translucide... Aux longues dents blanches ?

Pas étonnant que cet endroit s'appelle le Boudoir mortuaire ! Ces femmes sont les épouses de Dracula. Cha-

190 *Vous entendez un petit bruit... les couvercles des cercueils ont bougé !*

cune de celles qui sont sorties de leurs cercueils possède 35 POINTS DE VIE *et les caractéristiques suivantes :* RAPIDITÉ 5 ; COURAGE 5 ; FORCE 3 ; HABILETÉ 3 ; PSI 0. *En tant que mortes vivantes, elles ont le pouvoir de vous faire passer de vie à trépas si elles obtiennent 12 avec les dés. Si vous succombez aux charmes de ces créatures diaphanes, rendez-vous au* **14**. *Si vous survivez, vous trouverez en fouillant la penderie, l'entrée d'un passage secret conduisant au* **198**.

191

Morgue familiale — Lieu 16

Un flot de souvenirs vous submerge. La plupart de ces armoires contiennent des organes destinés à la transplantation, mais l'une d'elles abrite le cousin Ivan, enfermé là au cours d'une partie de cache-cache, alors qu'il était enfant, et abandonné depuis à son triste sort.

Il reste à savoir si vous avez envie d'ouvrir ces armoires. L'une d'elles pourrait recéler quelque chose d'intéressant, mais si vous tombez sur le cousin Ivan, il y a de fortes chances pour qu'il soit d'une humeur massacrante après tous ces siècles d'attente. Comme toujours, c'est à vous de décider : si vous souhaitez ouvrir les armoires, rendez-vous au **209**. *Si vous préférez traverser la chambre froide pour regagner la cour d'honneur, rendez-vous au* **117**.

192

Salon — Lieu 25

Vous examinez rapidement les volumes rangés dans les bibliothèques. Ce sont, pour la plupart, des

190 *Du cercueil le plus proche sort une femme ravissante ; c'est l'une des épouses de Dracula.*

comptes d'exploitation du domaine des Dracula : cours des céréales, stud-books, achats de bétail, nombre de paysans saignés à blanc, etc. Parmi eux, cependant, vous découvrez la collection complète des ouvrages de *la Quête du Graal*, ce qui prouve que Dracula est sûrement fou à lier.

Et vous l'êtes également si vous perdez de vue qu'une constante mobilité constitue votre seule sauvegarde contre les monstrueux périls qui vous guettent dans l'horrible Château. La porte du mur est conduit au **202***, celle du mur ouest au* **168***.*

193

Chenils — Lieu 17

L'odeur qui règne ici n'a rien de surprenant : trois douzaines de loups sont en effet enchaînés en ces lieux et saluent l'arrivée de leur maître avec des hurlements de bienvenue.

Vous voyez briller quelque chose au fond d'une mangeoire ; en regardant de plus près, vous constatez qu'il s'agit d'une clef, dont l'étiquette porte le numéro 2.

Prenez la clef et rendez-vous au **163***.*

194

Salle de Musique — Lieu 24

Pop !
Disparu, le Fantôme ! Envolé avec sa cape de soie noire et tous ses accessoires. Il n'en subsiste que quelques échos de Wagner, qui flottent dans le silence...
Mais attention ! il y a quelque chose sur le tabouret de piano, là où le Fatôme était assis. Il s'agit d'une

petite fiole qui contient une unique dose d'un mysté-
rieux liquide. Une étiquette indique :

LA PANACÉE DE NOSTRADAMUS
(A prendre seulement in extremis)

Sous la fiole, une courte note précise : « Pour trouver le repaire de mon cousin, travaillez, prenez de la
peine, c'est le fonds qui manque le moins. » Ce n'est
pas l'information la plus explicite qui vous ait jamais
été communiquée.

*Cette histoire de Panacée de Nostradamus est quelque
peu complexe. Car le seul moyen de connaître l'effet
qu'elle produit, c'est de vous rendre au* **204**. MAIS
N'EN FAITES RIEN POUR L'INSTANT ! *Si vous vous
précipitez au* **204**, *en effet, cela signifiera que vous
avez avalé cette potion. Aussi réfléchissez bien avant
de vous décider : si vous souhaitez vous rendre dès à
présent au* **204**, *libre à vous, mais peut-être préférerez-vous noter le numéro du paragraphe et choisir de
vous y rendre plus tard pour y boire la Panacée ? Dans
tous les cas, rappelez-vous le numéro du paragraphe
où vous vous trouviez avant de vous rendre au* **204** :
*vous serez ainsi sûr de pouvoir y revenir, en admettant
que vous survivez à l'absorption de ce liquide. Pour
l'instant, vous pouvez quitter la salle de musique soit
par la porte situé au sud du mur ouest (rendez-vous au*
152), *soit par celle située au nord du même mur (rendez-vous au* **192***).*

195

Chambre 13 — Lieu trop dangereux
(pour qu'on révèle où il se trouve)

Vous faites bravement un pas en avant.
Et vous disparaissez instantanément dans le Trou

Noir portatif que la magie diabolique de van Helsing a placé derrière la porte.

*Il ne vous reste plus qu'à vous rendre au **13**.*

*Il ne vous reste plus qu'à vous rendre au **13**.*

196

Vestiaire — Lieu 28

Vous vous apprêtez à repartir lorsque votre attention est attirée par l'aspect insolite du mur, derrière les manteaux. Repoussant les vêtements suspendus, vous examinez prudemment sa surface du bout de vos doigts hypersensibles. Indiscutablement, il y a là une fissure !

Très intéressé, vous poursuivez vos investigations et vous finissez par découvrir un mécanisme secret. Avec un bruyant déclic, tout le pan de mur se met alors à pivoter, découvrant un long boyau obscur, qui s'enfonce dans le sol en direction de l'est. Maîtrisant avec peine votre exaltation, vous suivez ce souterrain jusqu'au moment où il remonte pour aboutir à une trappe.

*Libre à vous de soulever cette trappe (rendez-vous pour cela au **142**) ou de revenir sur vos pas et de quitter le vestiaire (rendez-vous au **180**).*

197

Verger — Lieu 14

C'est un comble ! Vous êtes agressé par des chauves-souris vampires !

— Vous ne savez donc pas qui je suis ? hurlez-vous, dépité, en agitant les bras.

Mais il faut croire que ces créatures n'ont pas l'ouïe plus fine que la vue car elles ne tiennent aucun compte de votre intervention et continuent à vous attaquer férocement, en poussant des petits cris tellement aigus que seul celui dont le cœur est pur peut les entendre.

Lancez deux dés pour savoir contre combien de chauves-souris vous devez vous défendre. Chacune d'elles possède 10 POINTS DE VIE *et les caractéristiques suivantes :* RAPIDITÉ 4 *;* COURAGE 3 *;* FORCE 2 *;* HABILETÉ 1 *;* PSI 0. *Si les chauves-souris vous vident de tout votre sang, rendez-vous au* **13** . *Si vous survivez, vous découvrirez, en croquant distraitement l'une de ces bestioles, qu'elle avait avalé une clef portant le numéro 1. Mettez cette clef dans votre poche et quittez le verger par la porte du nord (rendez-vous au* **211***) ou par celle de l'ouest (rendez-vous au* **163***).*

198

Chapelle du Château — Lieu 39

Le seul détail suspect, c'est que toutes les croix semblent être posées à l'envers. Quant aux « saints », ils présentent une troublante ressemblance avec les ancêtres de Dracula dont les portraits sont accrochés aux quatre coins du Château. Et le parfum de l'encens est si suave, si entêtant, si écœurant, si...

... empoisonné ! Il risque de vous tuer, Jonathan Harker. Lancez un dé à quatre reprises pour chacun de vos caractéristiques, à l'exception de votre PSI. *Si vos totaux sont tous inférieurs aux chiffres donnés par les dés, tordez-vous de douleur et rendez-vous au* **14**. *Si certains sont inférieurs et d'autres supérieurs, recommencez l'opération. Si tous vos totaux sont supérieurs aux chiffres donnés par les dés, vous pouvez franchir*

*en haletant la porte située derrière l'autel et emprunter le passage secret qui vous conduira au **206**.*

Chambre 13 — Lieu désormais sans importance

Van Helsing est mort ! Vous l'avez tué ! Une fois de plus, le comte Dracula, le fléau de la Transylvanie, a triomphé. Et dans des conditions incroyablement défavorables, compte tenu des pouvoirs occultes de van Helsing et des multiples pièges qu'il avait eu le temps de vous tendre.

Ivre d'excitation et de soulagement, vous rejetez la tête en arrière et vous éclatez d'un rire démoniaque ; ce rire est un défi lancé à la face de tous ceux qui oseraient tenter le sort en pénétrant dans le domaine de Dracula. Puis, après un dernier coup de pied au cadavre de van Helsing pour vous porter chance, vous faites demi-tour et vous quittez la chambre 13.

A présent que le sorcier qui avait matérialisé ce lieu a disparu, la pièce commence à rétrécir lentement pendant que vous fermez la porte et finit par disparaître complètement, emportant avec elle la dépouille mortelle de votre pire ennemi.

Vous jetez un coup d'œil vers le haut de l'escalier qui conduit au chemin de ronde et vous constatez, à la couleur du ciel, que l'aube doit être proche. Pivotant rapidement sur vos talons, vous redescendez alors dans la grande galerie du Château ; votre cape ondulant derrière vous comme les ailes d'une chauve-souris géante, vous gagnez à grands pas l'entrée du passage secret qui mène à votre crypte privée.

Des rats et autres vermines s'enfuient, terrifiés, lorsque vous longez le souterrain obscur pour rejoindre l'escalier qui s'enfonce dans le sol jusqu'au **35**.

199 *Van Helsing est mort !*

Vous regardez autour de vous, un sourire machiavélique sur les lèvres. La crypte est exiguë, elle aurait besoin d'être restaurée et réaménagée, mais c'est le seul endroit où vous vous sentez réellement chez vous : un havre de paix et de tranquillité dans un monde troublé.

Une sorte de sixième sens vous avertit que le soleil ne va pas tarder à se lever ; vous devez donc vous hâter. Rapidement, vous gagnez le sarcophage et vous sautez avec agilité dans le cercueil d'ébène qu'il contient. Vous nichant avec volupté dans la douillette étreinte de la terre consacrée, vous jetez un dernier coup d'œil sur la crypte avant de lever le bras et de rabattre sur vous le couvercle du cercueil. Dans les ténèbres opaques, vous poussez un soupir de soulagement et vous fermez les yeux : une bonne journée de sommeil vous attend après cette nuit mouvementée.

Maintenant que vous avez triomphé en tant que comte Dracula, pourquoi ne pas tenter votre chance dans le rôle de Jonathan Harker, un homme qui s'est juré de débarrasser à tout jamais le monde du comte vampire ? Pour cela, il vous suffit de retourner au début de ce livre, de refaire provision de POINTS DE VIE*, de déterminer à l'aide des dés vos nouvelles caractéristiques, puis de choisir le personnage de Harker et de vous lancer dans une nouvelle aventure entièrement différente de la première !*

200

Cuisine — Lieu 29

Vous vous apprêtez à poursuivre votre chemin lorsqu'un léger mouvement, à la limite de votre champ de vision, attire votre attention. Tournant aussitôt la tête, vous apercevez, sortant d'un buffet entrebâillé, un échantillon de moisissure bleue parmi les plus agressifs et les plus velus qu'il vous ait jamais été donné de contempler !

Voilà ce qui arrive quand on laisse traîner du fromage trop longtemps dans une atmosphère aussi délétère que celle du Château de Dracula.
Cette moissure, qui se forme assez facilement, ne se nourrit pas seulement de fromage, mais également d'émanations maléfiques, et elle croît en taille et en voracité jusqu'à ce qu'elle envahisse tout ou qu'elle soit détruite par quelque aventurier intrépide. Le morceau auquel vous avez affaire dispose du 47 POINTS DE VIE et possède les caractéristiques mycologiques suivantes : RAPIDITÉ 2 ; COURAGE 5 ; FORCE 4 ; HABILETÉ 3 ; PSI 0. Si vous êtes vaincu par la moisissure, elle vous digérera et jettera vos restes au 14. Si vous survivez et que vous ayez le cœur bien accroché, vous pouvez avaler un petit morceau de la défunte substance en guise de pénicilline : elle vous fera récupérer autant de POINTS DE VIE que le chiffre obtenu en lançant deux dés. Après quoi, il ne vous restera plus qu'à regagner le 180 par la baie cintrée ou à sortir par la porte nord pour vous rendre au 208.

201

Galerie des Glaces — Lieu 40

Vous poussez un hurlement d'agonie !
Aucun vampire ne pourrait survivre à cette brusque explosion de lumière, sans parler de la multiplication à l'infini de votre invisible reflet. Un horrible râle s'étrangle dans votre gorge et vous tombez, les mains griffant désespérément la surface des miroirs...

... Cette chute vous mène droit au 13.

202

Salon — Lieu 25

En posant la main sur le bouton de la porte, vous hésitez. Un sixième sens vous avertit de la présence d'un danger. Il vous semble entendre derrière la porte, un peu assourdis par l'épaisseur du panneau, les lointains échos de la *Marche funèbre de Saül*, un morceau qui pourrait bien être joué à votre intention si vous ne vous montrez pas suffisamment prudent.

Dieu merci, vous avez encore la possibilité de changer d'avis et de sortir par la porte ouest pour gagner le **168**. *Mais si vous persistez dans votre décision de franchir la porte est, vous aurez à cœur de vous rendre au* **172**.

203

Crypte de Dracula — Lieu 35

Ah, qu'on est bien chez soi ! Depuis des siècles, cette petite pièce macabre est votre havre de paix, et vous éprouvez une fois de plus les bienfaits de son accueil.

Un accueil très bienfaisant en vérité car, au cas où, pour une raison ou pour une autre, vous souffririez d'une déficience en POINTS DE VIE, *le nombre de ceux-ci sera automatiquement ramené à son maximum initial lorsque vous quitterez la crypte. Ce que vous pouvez faire quand bon vous semblera en retournant au* **paragraphe** *où vous avez découvert la porte secrète.*

204

Panacée de Nostradamus — Lieu connu
de vous seul !

Vous videz d'un trait le flacon.
Aaaaaaaaargh !

Vous vous écroulez en poussant des cris affreux, les talons frappant le sol, les mains crispées sur votre gorge et les yeux révulsés. La Panacée a vraiment un goût infect. Bientôt, cependant, vous mettez un terme à ces gesticulations et vous vous relevez.

Vous découvrez alors que vous avez récupéré la totalité des POINTS DE VIE *que vous aviez perdus. Retournez maintenant au* **paragraphe** *où vous aviez décidé de boire la Panacée et reprenez le fil de votre aventure, en pleine forme et débordant d'énergie.*

205

Chenils — Lieu 17

Ils sont vides.

Si vous désirez les fouiller, rendez-vous au **213**. *Sinon, autant retourner au* **185**.

206

Crypte de Dracula — Lieu 35

Votre sang se fige lorsque vous prenez pleinement conscience de l'endroit où vous vous trouvez. Vous êtes dans la crypte du prince des Ténèbres en personne, dans la tombe tenue secrète depuis des générations... depuis des siècles pour tout dire. C'est ici que Dracula se repose. C'est le seul endroit de la Terre où vous aurez jamais la possibilité de débarrasser le monde du fléau le plus effroyable qu'il ait jamais eu à subir. Vous vous arrêtez au sommet de l'escalier et vous observez attentivement les lieux. La pièce paraît vide ; pourtant, votre instinct vous avertit de la présence d'un danger. Les pierres elles-mêmes en sont imprégnées. D'un danger et d'une redoutable malédiction.

Vos yeux se posent sur le sarcophage, le long du mur nord. Lentement, avec circonspection, vous descendez les marches et vous vous enfoncez dans la pénombre moisie de la crypte. Le silence est absolu, en dehors des battements de votre cœur. Osant à peine respirer, vous avancez.

Maintenant, vous êtes debout à côté du sarcophage, tremblant d'émotion, sans oser faire le moindre geste. Mais vous finissez par bouger quand même. En adressant au ciel une prière muette, vous faites le dernier pas et vous vous penchez pour regarder à l'intérieur du sarcophage. Il contient le cercueil d'ébène que vous aviez aperçu du haut de l'escalier. Le couvercle en est fermé, mais, pour autant que vous puissiez en juger, simplement posé. Faut-il le soulever ?

Vous approchez une main hésitante, et tous vos instincts se rebellent contre ce geste. Vous connaissez le monstrueux danger qui vous guette. Vous savez qu'il est encore temps de faire demi-tour et de vous enfuir ; peut-être alors pourriez-vous quitter le Château sain et sauf.

Mais, pour vous, il n'est pas question de fuir. Vous êtes allé trop loin pour envisager de battre en retraite. Aussi périlleuse que soit votre mission, vous devez la mener à son terme, tant pour la sauvegarde de l'humanité que pour votre propre satisfaction.

Plongeant la main dans le sarcophage, vous soulevez le couvercle de quelques centimètres. Vous ne voyez rien à l'intérieur du cercueil où règne une obscurité sépulcrale. Alors vous respirez à fond et vous rabattez complètement le couvercle.

Il est là !

Le comte vampire qui, depuis si longtemps, hante vos rêves est couché dans son cercueil, sinistre et majestueux, les yeux clos, les mains croisées paisiblement sur la poitrine. Il est en tenue de soirée, drapé

206 *Le vampire bondit hors de son cercueil : le combat final est engagé.*

dans les plis de sa longue cape noire et porte en sau-
toir la grand-croix de l'ordre du Mérite transylvanien, la plus haute distinction militaire que ce pays
puisse accorder. En dépit des circonstances, votre
esprit enregistre automatiquement l'inscription qui
figure sur la médaille : celle-ci a bien été décernée au
comte Dracula... mais la date remonte à plus de trois
cents ans !

Il dort ! Le monstre est endormi ! La chance est
maintenant de votre côté, mais il n'y a pas une
minute à perdre. Rapidement, vous vous préparez à
débarrasser définitivement le monde de cette
créature démoniaque. Comme il dort, il suffira d'un
seul coup bien placé. Les tempes battantes, vous
vous penchez en avant pour l'asséner...

Et Dracula ouvre alors les yeux !

Vous reculez avec un hoquet de surprise. Sifflant
entre ses dents, le vampire bondit lestement hors de
son cercueil, ses longues canines dénudées dans un
rictus de mort. Ses mains puissantes se tendent vers
vous, ses yeux luisants de haine se fixent sur les
vôtres.

Le combat final est engagé.

*Mais final pour qui ? S'étant reposé dans son cercueil,
le comte Dracula a récupéré la totalité de ses
100 POINTS DE VIE. Et, comme si ce n'était pas
suffisant, ses caractéristiques sont maintenant : RAPI-
DITÉ 6 ; COURAGE 6 ; FORCE 6 ; HABILETÉ 6 ; PSI 3.
Sa faculté PSI, dont il fera usage jusqu'à épuisement
de ses points de PSI et, ensuite, chaque fois qu'il
obtiendra 12 avec les dés, double la gravité de toute
blessure qu'il vous infligerait lors de l'assaut suivant.
Si les crocs démoniaques du vampire ont raison de
vous, rendez-vous au 14. Si, au contraire, c'est vous
qui l'emportez, rendez-vous au 210.*

Portail du Château — Lieu 1

La grille est fermée à double tour. Une précaution prévisible de van Helsing, soucieux de s'assurer que vous resterez prisonnier dans votre propre Château. Mais cet imbécile est vraiment distrait : il a laissé la clef sur la serrure ! Vous essayez aussitôt de la tourner... et vous constatez que cette clef n'est pas la bonne. Munie d'une étiquette portant le numéro 4, elle n'a aucune action sur la serrure du portail.

Il ne vous reste plus qu'à empocher la clef qui vous sera peut-être utile plus tard et à repartir vers le nord pour regagner la cour d'honneur (rendez-vous au 117).

Cour intérieure — Lieu 32

Vous entrez dans la cour... et vous hésitez.

Ce qui n'a rien de surprenant. Cette cour en effet est visiblement désaffectée, et votre ennemi mortel en a profité pour y tendre un piège. Il y a creusé (ou fait creuser par ses âmes damnées) une fosse dont le fond est hérissé de pieux acérés enduits de poison ; une bâche recouvre la fosse. Elle a été disposée de manière à capter les jeux d'ombre et de lumière pour donner l'illusion d'un pavage. Que vous tombiez ou non dans ce piège dépend, dans une large mesure, de votre HABILETÉ et de votre RAPIDITÉ. Mettez-les à l'épreuve en lançant un dé pour chacune d'elles. Si les chiffres obtenus sont tous les deux inférieurs à vos totaux respectifs, vous aurez évité la fosse. Si l'un est inférieur et l'autre supérieur, lancez à nouveau les dés.

Si les deux chiffres sont supérieurs, vous êtes tombé dans le piège. En tombant, vous devrez encore lancer un dé pour savoir si les pieux vont vous blesser. Si vous faites plus de 3, vous les évitez et votre chute ne vous coûtera que 10 POINTS DE VIE *(si vous en mourez, malgré tout, rendez-vous au* **14***). Si vous obtenez 3 ou un chiffre inférieur, vous vous êtes empalé sur au moins deux pieux. Lancez deux dés pour savoir exactement combien de pieux vous ont transpercé. Chacun d'eux vous fait perdre 10* POINTS DE VIE*, en raison de la blessure infligée et du poison dont il est enduit. Si les pieux vous tuent, rendez-vous au* **14***. Si vous sortez vivant de ce traquenard, vous pourrez alors visiter les écuries en vous rendant au* **212** *ou passer par la cuisine pour regagner la partie ouest de la galerie (rendez-vous au* **180***).*

209

Morgue familiale— Lieu 16

Toutes les armoires sont pleines de bric-à-brac. Dans l'une vous trouvez de vieilles chaussures, des perruques, et même un caleçon en bon état, récupérés sur les cadavres de vos ancêtres. Une autre est remplie de pots d'onguent et de produits chimiques. Dans cette autre encore, vous découvrez des certificats d'inhumation vieux de plusieurs siècles. Ailleurs repose le cousin Ivan, que vous aviez enfermé dans cette armoire alors qu'il était enfant. Une cinquième armure recèle des planches et des outils de... cousin Ivan ? Mais il devrait être tombé en poussière depuis longtemps !

Ce n'est pas le cas cependant. Le cousin Ivan a cessé d'être un gamin insupportable pour devenir un petit vieux tout aussi insupportable, et doté par surcroît de

60 POINTS DE VIE *et des caractéristiques suivantes :*
RAPIDITÉ 3 ; COURAGE 5 ; FORCE 4 ; HABILETÉ 3 ;
PSI 0. *Or votre cousin est décidé à tuer celui qui l'a*
enfermé dans cette armoire. S'il y parvient, rendez-
vous au **13.** *Si vous survivez, vous trouverez, dans l'ar-*
moire où il se morfondait, une clef portant le numéro
3. Prenez-la avant de traverser la chambre froide pour
regagner la cour d'honneur en vous rendant au **117.**

210

Crypte de Dracula — Lieu 35

Ouaaaaaargh !
C'est le hurlement que pousse le vampire lorsque
vous, Jonathan Harker, lui portez le coup fatal. Le
visage saturnien de Dracula se convulse de douleur,
et ses mains puissantes se crispent vainement sur sa
poitrine.
— Ouaaaaaaargh ! crie-t-il à nouveau.
Et le bruit se répercute en écho sur les murs de la
crypte.
Le monstre s'écarte en chancelant et fait un effort
désespéré pour s'enfuir. Trébuchant, affaibli d'avoir
perdu tant de sang (dont bien peu lui appartenait en
propre), il se cramponne aux lambeaux des draperies, tourne sur lui-même et s'écroule en les
entraînant dans sa chute. Il se remet péniblement
debout puis avance vers vous en titubant, ses yeux
de fauve, brûlant de haine, rivés aux vôtres.
Un sifflement menaçant fuse de ses lèvres, il tend la
main pour vous égorger mais, avant d'avoir pu vous
atteindre, il s'effondre, face contre terre, sur les dalles de pierre. Son corps est agité d'un dernier
spasme, puis il s'immobilise.
Sous vos yeux ébahis, commence alors une stupé-
fiante transformation. Pendant que vous vous bat-

tiez avec lui, Dracula semblait un homme dans la force de l'âge, alerte, vigoureux et en pleine santé, quoique un peu pâle. Maintenant, il se tasse à vue d'œil, ses mains se rident et se couvrent de taches de vieillesse, sa peau se tend sur ses os jusqu'à prendre l'aspect d'un vieux parchemin.

Le cadavre se ratatine de plus en plus, au point de ne plus être vraiment un cadavre, mais plutôt un squelette. Le processus se poursuit, et les os, les vêtements même tombent en poussière ; bientôt, il ne reste plus du vampire qu'une grosse chevalière qu'il portait au troisième doigt de la main gauche.

Vous ramassez la bague entre le pouce et l'index puis vous la jetez négligemment dans le cercueil béant, avant de quitter à tout jamais cette abominable crypte. Grâce à votre force, à votre habileté, à votre intelligence et à votre courage, le monstre a cessé d'exister !

Maintenant que vous avez réussi à exterminer Dracula, pourquoi ne pas consacrer vos talents à le ressusciter pour lui faire affronter son plus farouche adversaire ? Il vous suffit pour cela de revenir au début de ce livre, de refaire provision de POINTS DE VIE, *de déterminer avec un dé vos nouvelles caractéristiques, puis d'incarner le personnage de Dracula pour entreprendre, dans le repaire du vampire, une nouvelle aventure entièrement différente.*

<hr>

211

Verger — Lieu 14

Vous franchissez la porte.
Et vous faites une chute mortelle.

Qui vous conduit tout droit au **13**.

210 *Le cadavre de Dracula se transforme petit à petit, jusqu'à sa disparition totale.*

212

Chenils — Lieu 17

Il régne ici une odeur de loup... Mais s'il n'y avait que l'odeur...

Un seul loup, heureusement, occupe les lieux mais c'est déjà trop, car celui-ci possède 25 POINTS DE VIE et les caractéristiques suivantes : RAPIDITÉ 5 ; COURAGE 5 ; FORCE 4 ; HABILETÉ 3 ; PSI 0. Notez que vous parviendrez peut-être à l'amadouer (en obtenant 11 ou 12 avec deux dés), dans ce cas, il vous suivra partout et combattra courageusement à vos côtés. Mais si vous n'arrivez pas à l'apprivoiser, vous avez tout intérêt à vous défendre avec acharnement. Si le loup vous tue, rendez-vous au 14. Si vous êtes vainqueur, vous pourrez traverser la cour intérieure sans crainte de tomber dans le piège, puis la cuisine pour regagner le 180.

213

Chenils — Lieu 17

L'odeur qui règne ici est loin d'être agréable mais cette visite en valait la peine : vous avez, en effet, trouvé une clef dont l'étiquette porte le numéro 6.

Retournez maintenant respirer un air plus pur au 185.

214

Passage secret — Lieu secret

Voilà qui est intéressant : vous avez découvert une trappe soigneusement dissimulée donnant sur un étroit couloir aux murs de pierre.

Ce souterrain commence par s'enfoncer dans le sol en faisant tellement de tours et de détours que vous êtes complètement désorienté, mais il finit par remonter...

... et aboutir à une nouvelle porte dérobée, par laquelle vous arrivez au **42**.

215

Passage secret — Lieu secret

Voilà qui est intéressant : vous avez découvert une trappe soigneusement dissimulée donnant sur un étroit couloir aux murs de pierre.

Ce souterrain commence par s'enfoncer dans le sol en faisant tellement de tours et de détours que vous êtes complètement désorienté, mais il finit par remonter...

... et aboutir à une nouvelle porte dérobée, par laquelle vous arrivez au **19**.

216

Antre du Prêtre — Lieu 37

Voilà une découverte intéressante... surtout à cause de l'intense sensation de bien-être que vous éprouvez dans ce local étriqué.

Ce qui n'est pas surprenant, puisqu'une seule visite dans cette cachette va vous restituer la totalité de vos POINTS DE VIE *initiaux. Et vous pouvez vous y rendre jusqu'à trois fois au cours de votre aventure ! Retournez maintenant au* **paragraphe** *que vous venez de quitter.*

Antre du Prêtre — Lieu 37

Vous poussez un cri de douleur et vous secouez frénétiquement la porte qui vient de claquer derrière vous. Trop tard ! Trop tard ! Cet abominable cagibi, avec ses crucifix et son odeur méphitique, est en train d'épuiser vos POINTS DE VIE plus vite que vous ne pourrez jamais les reconstituer.

Ce qui ne vous laisse d'autre solution que d'aller ruminer votre colère au 13.

Passage secret — Lieu secret

Voilà qui est intéressant : vous avez découvert une trappe soigneusement dissimulée donnant sur un étroit couloir aux murs de pierre.
Ce souterrain commence par s'enfoncer dans le sol en faisant tellement de tours et de détours que vous êtes complètement désorienté, mais il finit par remonter...

... et aboutir à une nouvelle porte dérobée, par laquelle vous arrivez au 42.

Passage secret — Lieu secret

Voilà qui est intéressant : vous avez découvert une trappe soigneusement dissimulée donnant sur un étroit couloir aux murs de pierre.
Ce souterrain commence par s'enfoncer dans le sol en faisant tellement de tours et de détours que vous êtes complètement désorienté, mais il finit par remonter...

... et aboutir à une nouvelle porte dérobée, par laquelle vous arrivez au 15.

220

Passage secret — Lieu secret

Voilà qui est intéressant : vous avez découvert une trappe soigneusement dissimulée donnant sur un étroit couloir aux murs de pierre.

Ce souterrain commence par s'enfoncer dans le sol en faisant tellement de tours et de détours que vous êtes complètement désorienté, mais il finit par remonter...

... et aboutir à une nouvelle porte dérobée, par laquelle vous arrivez au 8.

221

Passage secret — Lieu secret

Voilà qui est intéressant : vous avez découvert une trappe soigneusement dissimulée donnant sur un étroit couloir aux murs de pierre.

Ce souterrain commence par s'enfoncer dans le sol en faisant tellement de tours et de détours que vous êtes complètement désorienté, mais il finit par remonter...

... et aboutir à une nouvelle porte dérobée, par laquelle vous arrivez au 7.

222

Passage secret — Lieu secret

Voilà qui est intéressant : vous avez découvert une trappe soigneusement dissimulée donnant sur un étroit couloir aux murs de pierre.

Ce souterrain commence par s'enfoncer dans le sol en faisant tellement de tours et de détours que vous êtes complètement désorienté, mais il finit par remonter...

... et aboutir à une nouvelle porte dérobée, par laquelle vous arrivez au **10**.

223

Passage secret — Lieu secret

Voilà qui est intéressant : vous avez découvert une trappe soigneusement dissimulée donnant sur un étroit couloir aux murs de pierre.

Ce souterrain commence par s'enfoncer dans le sol en faisant tellement de tours et de détours que vous êtes complètement désorienté, mais il finit par remonter...

... et aboutir à une nouvelle porte dérobée, par laquelle vous arrivez au **45**.

224

Passage secret — Lieu secret

Voilà qui est intéressant : vous avez découvert une trappe soigneusement dissimulée donnant sur un étroit couloir aux murs de pierre.

Ce souterrain commence par s'enfoncer dans le sol en faisant tellement de tours et de détours que vous êtes complètement désorienté, mais il finit par remonter...

... et aboutir à une nouvelle porte dérobée, par laquelle vous arrivez au **62**.

Passage secret — Lieu secret

Voilà qui est intéressant : vous avez découvert une trappe soigneusement dissimulée donnant sur un étroit couloir aux murs de pierre.
Ce souterrain commence par s'enfoncer dans le sol en faisant tellement de tours et de détours que vous êtes complètement désorienté, mais il finit par remonter...

... et aboutir à une nouvelle porte dérobée, par laquelle vous arrivez au **47**.

Passage secret — Lieu secret

Voilà qui est intéressant : vous avez découvert une trappe soigneusement dissimulée donnant sur un étroit couloir aux murs de pierre.
Ce souterrain commence par s'enfoncer dans le sol en faisant tellement de tours et de détours que vous êtes complètement désorienté, mais il finit par remonter...

... et aboutir à une nouvelle porte dérobée, par laquelle vous arrivez au **68**.

Passage secret — Lieu secret

Voilà qui est intéressant : vous avez découvert une trappe soigneusement dissimulée donnant sur un étroit couloir aux murs de pierre.
Ce souterrain commence par s'enfoncer dans le sol en faisant tellement de tours et de détours que vous

êtes complètement désorienté, mais il finit par remonter...

*... et aboutir à une nouvelle porte dérobée, par laquelle vous arrivez au **101**.*

228

Passage secret — Lieu secret

Voilà qui est intéressant : vous avez découvert une trappe soigneusement dissimulée donnant sur un étroit couloir aux murs de pierre.
Ce souterrain commence par s'enfoncer dans le sol en faisant tellement de tours et de détours que vous êtes complètement désorienté, mais il finit par remonter...

*... et aboutir à une nouvelle porte dérobée, par laquelle vous arrivez au **74**.*

229

Crypte de Dracula — Lieu 35

Quelle paix ! Quelle sérénité ! Vous emplissez avec béatitude vos poumons de son atmosphère démoniaque.

*Ce qui vous fait le plus grand bien, puisque cette crypte va vous restituer la totalité de vos POINTS DE VIE initiaux avant que vous ne retourniez au **paragraphe** que vous venez de quitter.*

230

Passage secret — Lieu secret

Voilà qui est intéressant : vous avez découvert une trappe soigneusement dissimulée donnant sur un étroit couloir aux murs de pierre.

Ce souterrain commence par s'enfoncer dans le sol en faisant tellement de tours et de détours que vous êtes complètement désorienté, mais il finit par remonter...

... et aboutir à une nouvelle porte dérobée, par laquelle vous arrivez au **92**.

Documents secrets

*Accès interdit,
sauf quand les dés vous y conduisent.*

TABLEAU DES PASSAGES SECRETS

Reportez-vous au numéro du **paragraphe** où vous avez lancé les dés avec succès pour rechercher la présence éventuelle d'un passage secret (colonnes de gauche) : vous découvrirez alors si un tel passage existe ou non. S'il y en a un, le tableau vous indique le numéro du **paragraphe** où conduit ce passage (colonnes de droite). S'il n'y a ni porte ni passage secret, vous ne découvrirez qu'un tiret.

N.B. : *les passages secrets ne permettent pas tous de regagner le paragraphe où on les a découverts, mais notez quand même le numéro du paragraphe que vous quittez, au cas où un tel retour serait possible.*

1	—	14	—	27	—
2	—	15	221	28	—
3	—	16	—	29	—
4	—	17	—	30	—
5	—	18	—	31	—
6	—	19	217	32	214
7	215	20	—	33	223
8	—	21	—	34	—
9	201	22	218	35	—
10	—	23	—	36	—
11	219	24	220	37	—
12	218	25	—	38	—
13	—	26	—	39	—

40	—	72	—	104	—
41	—	73	—	105	—
42	—	74	—	106	—
43	—	75	—	107	—
44	—	76	—	108	230
45	225	77	—	109	—
46	—	78	228	110	—
47	—	79	—	111	—
48	—	80	—	112	230
49	—	81	—	113	—
50	—	82	—	114	—
51	—	83	—	115	—
52	222	84	—	116	—
53	—	85	—	117	—
54	224	86	226	118	—
55	225	87	—	119	—
56	—	88	—	120	—
57	—	89	—	121	—
58	—	90	—	122	—
59	203	91	—	123	—
60	—	92	—	124	—
61	—	93	—	125	—
62	226	94	—	126	—
63	—	95	—	127	—
64	—	96	230	128	230
65	217	97	—	129	227
66	—	98	—	130	—
67	—	99	—	131	—
68	—	100	—	132	—
69	—	101	—	133	—
70	—	102	—	134	—
71	—	103	—	135	—

Feuille d'Aventure de Dracula

POINTS DE VIE
Au départ : 100
Actuels :

CARACTÉRISTIQUES

Dracula

RAPIDITÉ
COURAGE
FORCE
HABILETÉ
PSI

Van Helsing

RAPIDITÉ
COURAGE
FORCE
HABILETÉ
PSI

ÉQUIPEMENT
Argent :
Médicaments :
Chiffre Modificateur
(pour les Passages Secrets) :

Parcours de Chasse de Dracula

Combats livrés par Dracula

Adversaire **Paragraphe** POINTS DE VIE **Caractéristiques** RAPIDITÉ COURAGE FORCE HABILETÉ PSI **Résultats**	**Adversaire** **Paragraphe** POINTS DE VIE **Caractéristiques** RAPIDITÉ COURAGE FORCE HABILETÉ PSI **Résultats**	**Adversaire** **Paragraphe** POINTS DE VIE **Caractéristiques** RAPIDITÉ COURAGE FORCE HABILETÉ PSI **Résultats**
Adversaire **Paragraphe** POINTS DE VIE **Caractéristiques** RAPIDITÉ COURAGE FORCE HABILETÉ PSI **Résultats**	**Adversaire** **Paragraphe** POINTS DE VIE **Caractéristiques** RAPIDITÉ COURAGE FORCE HABILETÉ PSI **Résultats**	**Adversaire** **Paragraphe** POINTS DE VIE **Caractéristiques** RAPIDITÉ COURAGE FORCE HABILETÉ PSI **Résultats**
Adversaire **Paragraphe** POINTS DE VIE **Caractéristiques** RAPIDITÉ COURAGE FORCE HABILETÉ PSI **Résultats**	**Adversaire** **Paragraphe** POINTS DE VIE **Caractéristiques** RAPIDITÉ COURAGE FORCE HABILETÉ PSI **Résultats**	**Adversaire** **Paragraphe** POINTS DE VIE **Caractéristiques** RAPIDITÉ COURAGE FORCE HABILETÉ PSI **Résultats**
Adversaire **Paragraphe** POINTS DE VIE **Caractéristiques** RAPIDITÉ COURAGE FORCE HABILETÉ PSI **Résultats**	**Adversaire** **Paragraphe** POINTS DE VIE **Caractéristiques** RAPIDITÉ COURAGE FORCE HABILETÉ PSI **Résultats**	**Adversaire** **Paragraphe** POINTS DE VIE **Caractéristiques** RAPIDITÉ COURAGE FORCE HABILETÉ PSI **Résultats**

Feuille d'Aventure de Harker

POINTS DE VIE
Au départ :100
Actuels :

CARACTÉRISTIQUES

Harker

RAPIDITÉ
COURAGE
FORCE
HABILETÉ
PSI

ÉQUIPEMENT
Argent :
Médicaments :
Chiffre Modificateur
(pour les Passages Secrets) :

Parcours de Chasse de Harker

Combats livrés par Harker

Adversaire	Adversaire	Adversaire
Paragraphe	**Paragraphe**	**Paragraphe**
POINTS DE VIE	POINTS DE VIE	POINTS DE VIE
Caractéristiques	**Caractéristiques**	**Caractéristiques**
RAPIDITÉ	RAPIDITÉ	RAPIDITÉ
COURAGE	COURAGE	COURAGE
FORCE	FORCE	FORCE
HABILETÉ	HABILETÉ	HABILETÉ
PSI	PSI	PSI
Résultats	**Résultats**	**Résultats**
Adversaire	Adversaire	Adversaire
Paragraphe	**Paragraphe**	**Paragraphe**
POINTS DE VIE	POINTS DE VIE	POINTS DE VIE
Caractéristiques	**Caractéristiques**	**Caractéristiques**
RAPIDITÉ	RAPIDITÉ	RAPIDITÉ
COURAGE	COURAGE	COURAGE
FORCE	FORCE	FORCE
HABILETÉ	HABILETÉ	HABILETÉ
PSI	PSI	PSI
Résultats	**Résultats**	**Résultats**
Adversaire	Adversaire	Adversaire
Paragraphe	**Paragraphe**	**Paragraphe**
POINTS DE VIE	POINTS DE VIE	POINTS DE VIE
Caractéristiques	**Caractéristiques**	**Caractéristiques**
RAPIDITÉ	RAPIDITÉ	RAPIDITÉ
COURAGE	COURAGE	COURAGE
FORCE	FORCE	FORCE
HABILETÉ	HABILETÉ	HABILETÉ
PSI	PSI	PSI
Résultats	**Résultats**	**Résultats**
Adversaire	Adversaire	Adversaire
Paragraphe	**Paragraphe**	**Paragraphe**
POINTS DE VIE	POINTS DE VIE	POINTS DE VIE
Caractéristiques	**Caractéristiques**	**Caractéristiques**
RAPIDITÉ	RAPIDITÉ	RAPIDITÉ
COURAGE	COURAGE	COURAGE
FORCE	FORCE	FORCE
HABILETÉ	HABILETÉ	HABILETÉ
PSI	PSI	PSI
Résultats	**Résultats**	**Résultats**

Adversaire	Adversaire	Adversaire
Paragraphe	Paragraphe	Paragraphe
POINTS DE VIE	POINTS DE VIE	POINTS DE VIE
Caractéristiques	Caractéristiques	Caractéristiques
RAPIDITÉ	RAPIDITÉ	RAPIDITÉ
COURAGE	COURAGE	COURAGE
FORCE	FORCE	FORCE
HABILETÉ	HABILETÉ	HABILETÉ
PSI	PSI	PSI
Résultats	Résultats	Résultats
Adversaire	Adversaire	Adversaire
Paragraphe	Paragraphe	Paragraphe
POINTS DE VIE	POINTS DE VIE	POINTS DE VIE
Caractéristiques	Caractéristiques	Caractéristiques
RAPIDITÉ	RAPIDITÉ	RAPIDITÉ
COURAGE	COURAGE	COURAGE
FORCE	FORCE	FORCE
HABILETÉ	HABILETÉ	HABILETÉ
PSI	PSI	PSI
Résultats	Résultats	Résultats
Adversaire	Adversaire	Adversaire
Paragraphe	Paragraphe	Paragraphe
POINTS DE VIE	POINTS DE VIE	POINTS DE VIE
Caractéristiques	Caractéristiques	Caractéristiques
RAPIDITÉ	RAPIDITÉ	RAPIDITÉ
COURAGE	COURAGE	COURAGE
FORCE	FORCE	FORCE
HABILETÉ	HABILETÉ	HABILETÉ
PSI	PSI	PSI
Résultats	Résultats	Résultats
Adversaire	Adversaire	Adversaire
Paragraphe	Paragraphe	Paragraphe
POINTS DE VIE	POINTS DE VIE	POINTS DE VIE
Caractéristiques	Caractéristiques	Caractéristiques
RAPIDITÉ	RAPIDITÉ	RAPIDITÉ
COURAGE	COURAGE	COURAGE
FORCE	FORCE	FORCE
HABILETÉ	HABILETÉ	HABILETÉ
PSI	PSI	PSI
Résultats	Résultats	Résultats

Achevé d'imprimer
le 20 Avril 1990
sur les presses de
l'Imprimerie Hérissey
à Évreux (Eure)

Nº d'imprimeur : 51150
Dépôt légal : Avril 1990
1ᵉʳ dépôt légal dans la même collection : Mai 1987
ISBN 2-07-033401-5
Imprimé en France